蛀空

月下 著

WUHAN UNIVERSITY PRESS
武汉大学出版社

序

用文字搭建心灵的迷宫

林少华

对一个作家而言，保持敏锐的神经尤其重要。敏锐的神经之于心灵，犹如根系枝梢之于参天大树，在上可以触摸到清风玉露月色星辉，往下能够探寻黑暗土壤的秘密和小生命的私语——哪怕是世间最细微的变化，也像一场风暴。读月下的文字，仿佛是在破解心灵的迷宫。曲折，幽暗，繁复，充满知识和智慧，但又不是纯粹理性主义的机械，而是每一个语句都带着温度和质感。或是灼热的，或是冰冷的，或是温软的有气息的，仿佛来自神经末梢的体验或幻觉。总之，她不是靠知识来写作，也不满足于文字游戏，而是企图搭建心灵的迷宫，以超验和审美来对抗庸常的生活。

博尔赫斯说，一条大河是水的迷宫，丛林是树木的迷宫，城市是街道的迷宫，图书馆是人类思想的迷宫。月下则以敏锐的内心构建了月下的文字迷宫。也许人类的心灵本身就是一个迷宫，月下只是将那些从神经末梢滚落的语句排布在了纸上。就像一位骄傲的公主把珍珠宝石肆意抛洒出去，任其弹跳出一片又一片华美的光芒。读惯了故事情节呈线形发展的读者，大概会对月下的写作技巧感到惊异。毕竟热爱迷宫的人，大多都有相当高的智商和审美水准。她打破故事的时序，不断插入内心的独白和对往事的回忆，使正在推进的故事和已经过去的故事交叉在同一感觉层面上，让作品处于一种亦梦亦幻的氛围中，仿佛时间凝固成了一帧一帧的电影胶片，往复播映。

月下的小说的语言当然是母语，却又似乎带有某种非母语的特质。想必受过西方文学、尤其是西方现代主义文学的影响，其语言的质地不但隐约折射出卡夫卡、普鲁斯特、乔伊斯的影子，而且多少映照出尼采、弗洛伊德、荣格和柏格森的神采，不妨说是文学、美学、哲学和心理学的混血儿。不过她并非西方文学的追随者，而仅仅从中汲取营养，力图创造出属于自家风格的作品。

与此相关，月下小说一个主要特点就是偏重于心理感受。从心理而感觉，以感觉触及时空、山川、人物、动物，以此营造出近乎迷幻的艺术氛围。人性的扭曲、压抑都被抛掷在荒诞的现实中。

清秋有气无力地躺到床上去，等待黎明的一线曙光。路灯的光像一团团黄晕洇湿了窗帘，混沌且暧昧。风在盲的夜里呜咽，张牙舞爪的树枝在窗上影影绰绰，像兽的影子。她别过头去，不想做恶梦。远处一声火车的啸鸣。她睡着了。

《人和猫一样寂寞》

我的手从她的颈部向下摸，那薄如蝉翼的衫子像被吸铁石吸走了一样在她身上一件件剥落。我俯在她的身上，亲吻着她的身体，却有冰冷透明的液体在她的脸上渗出，我不是很清楚她为什么会流眼泪，眼泪与那样淡漠的脸很不相宜，然而她却真的哭泣起来，无声无息的，我的心也开始阵阵的绞痛，我想到了她会从我的生命中消失，想到了死亡。一大段一大段的哀吟像孤独的猫头鹰在深夜里哭泣，我从她悲哀的眼睛里觉察到那哭泣来自我的嘴里，不禁诧异了。为了不至于在这痛苦里窒息，我拼命地把自己嵌进她的皮肤里，用身体的疼痛来驱除心灵上的痛苦，遗忘明天，明天的明天，竭力地让自己专注到这一刻上来……

《第三支玫瑰》

又是深夜，天空落下霜来，像雪，一片一片的，滑翔在她的头顶和肩头。她站在缠绵悱恻的灌木丛中，手足无措。倏忽之间，那么诡异地，他的灵魂进入了她，她的灵魂进入了他。伴随着的疼痛带着无可言状的舒服和不可挽回的失落。她看着他哭泣，转过头去，把自己的眼泪吞下去，像水一样分散到血液里，肿胀，每一个毛孔都在抗议，发出声音：早晚都要分离的，何必呢？

然后是真的分离——

一根断木上，趴着一只青蛙。睁着眼睛熟睡。她要走，他轻笑着，也不挽留。

她就走了。

《在劫难逃》

类似的氛围营造方式的例子还有很多。将感觉嵌入现实，或将现实融入感觉，二者几乎达到了天衣无缝的程度。应该说，月下非常在意表达的精准度，精挑细选的语言，力求在华美之中呈现语言的力度。好比高明的将军，巧妙安排一兵一卒，推出风雨不透坚不可摧的阵列。

与此同时，作者对美的要求也达到了近乎偏执的程度，不时打破装满珍珠的翡翠瓶，让华美的语句滚落一地。

空气里氤氲着的饱满的水气，萋萋的春日也变得迟滞而凝重，满树的桃花沾露带雨，怯怯的花瓣儿像流离的粉蝶悠悠飘落，褐赭色的土地上铺了一层。风一吹，它们向了同一个方向，唰唰地滚动着，仿佛一件薄纱裙从晾衣绳上吹到这稀有人烟的地方来，零落成泥，而落在水中的桃瓣儿漂漂荡荡，渐远了。天碧立在桥上，望向远方。水中一船驶来，船头坐一白衣少年，天碧心中一沉。

《风住尘香花已尽》

夕阳已经沉落，天色灰暗得让人心里不舒服，仿佛这灰暗撺掇着石灰墙壁里的噪音变成了乌云，一团团地把他包围起来。他抬头望了一下天空，喃喃自语：《缠绵往事》将真成为往事了。火一样燃烧着的梧桐叶子次第落下来，在这个深秋的傍晚，梧桐树开始变得光秃了。

《寂寞梧桐》

此外，作者在浓墨重彩勾勒人物内心和荒诞变形的现实时，并未忽略故事架构，具有高超的故事设计技巧。她通常先在故事外部留出一个宏大的轮廓。轮廓有时候是若隐若现的，有时候干脆是一片空白。而后开始花大力气排布精密的故事内核，悬念迭起，出人意料， 似乎要将一个有无限可能性的故事关进密不透风的小环境内。最典型的是《风住尘香花已尽》和《月白》这两篇，《风住尘香花已尽》将故事收紧在宫廷，《月白》将故事集中于豪宅。

《月白》的背景是两座大宅，一座宅子是荒草丛生形同废墟的苍家老宅，一座宅子是桃红柳绿宛若王府的若木之家。某日，一直大门紧闭的荒宅里忽然来了个女人。女人带着一个男孩，这个男孩就是月白——小说的男主角。男孩成年后，豪宅中的两姐妹都爱上了他，一个是天真活泼的扶桑，一个是聪明伶俐的扶疏。用她们母亲若木的话说，一个聪明得可厌，一个天真得可耻（事实证明她对自己的两个女儿都不了解）。月白喜欢的是扶疏，又不拒绝扶桑。未来的岳母为他牵的线是扶桑。遵从未来岳母的意愿，他不但能获得美眷，还能继承家产，从而恢复自己已经败落的家族。其实，若木对月白怀着刻骨的仇恨。准确说来恨的是月白已经去世的父亲，现在转嫁到了月白身上。她为月白和扶桑牵线，不过是为了证明她能控制这一切。然而，人也许可以通过手腕来掌控现实，却不能掌控自己的心。她万万想不到，她自己的女儿扶疏会杀了她，随后扶桑又枪杀了扶疏……而月白并没有为扶疏报仇，甚至对命运没做任何反抗，他接受既成事实娶了扶桑。多年以后，月白已经白发苍苍，儿孙满堂，苍氏家族也早已恢复了声望，而对门却成了废宅……作品设置了很多悬念，月白的父亲究竟因何入狱，他与对门豪宅内美丽的女主人若木有过怎样的恋情？月白的母亲究竟是因何而死，是被若木谋杀的吗？扶疏死后，月白是怎样接受扶桑的？没有讲述的故事太多了，这是一个浓缩了巨大外延的作品。

从表面看，这是大概发生在清末民国年间的家庭故事。而就家庭伦理和人性而言，永远不存在过去与现代的问题。作为母亲，若木爱自己的两个女儿——扶疏和扶桑，但这个爱不过是出于一个天然的前提，即她生了她们。抛开爱的血缘属性，若木完全不了解自己的女儿，似乎也没打算了解她们。她对她们好，不过是想把她们当做实现自己目的的工具。同样，承担恢复家族事业重任的月白，难道就没有利用爱情和婚姻达到现实目的的嫌疑吗？作者在这里把人性的虚伪、自私乃至扭曲刻画得淋漓尽致，使我们看到了女性文学作品并不多见的批判色彩。

无需说，文学的目的主要不是为了解决问题，也很难解决现实问题。但它可以深入人的灵魂，把人性剥开，让人发现美与爱、善与恶，及其根源所在。月下作品中的人物，是栖居在一层层雾后面的，是不完美的，甚至是残酷的，丑恶的，但其中有文学的真实，一如文字迷宫中的米诺陶洛斯那个牛头人身的怪物，具有人（善良）和牛（扭曲）的二元性。

不再饶舌了，是为序。

二零一五年九月十九日灯下于窥海斋

时青岛风清月朗玉露生凉

目录

C O N T E N T S

蛀

空

你的眼睛夜一样黑，
我在这黑夜里迷失， 惶恐奔跑，
怀揣着一不小心就会变成语言的利刃；
梦里的悬崖冷不丁地跌断，
横切玻璃一样的身体，
心被石头割破，
霎时，蓝色的血液流成音乐，
伴着不具形体的忧伤，
火苗一样乱窜；
爱情终于露出它的真面目，
狰狞，却又带着孩子般的微笑。

人和猫一样寂寞

清秋有气无力地躺到床上去，等待黎明的一线曙光。

路灯的光像一团团黄晕洇湿了窗帘，混沌且暧昧。

风在盲的夜里呜咽，张牙舞爪的树枝在窗上影影绰绰，像兽的影子。

她别过头去，不想做噩梦。

远处一声火车的啸鸣。

她睡着了。

夜幕铺盖过来，清秋醒了。她掀开被子，裹上睡衣，便走进浴室去了。那只猫看见她回来，立即从她的房门口退出来，跑回自己屋里去了。清秋住的是三户室的房子，与人合租，对面是个年轻的男子，外表看上去斯斯文文的；旁边是一个正在考研的女孩，身体粗壮，每次从外面回来踏在地上就像一只熊一脚一脚踩在堆积的落叶上，嗵嗵地发出沉重的声音，扰乱一下这房子一贯的寂静。这只猫就是那女孩儿家的，女孩儿说她是代朋友养几天。一到晚上就听到猫撕扯衣物的声音，还有她的训斥。女孩捶它，踢它，抓起它像抓起一把泥巴一样甩到地上去。女孩说，让你弄乱了我的生物钟！清秋笑，你弄乱了猫的生物钟呢！猫在半夜里叫，不再是喵喵地叫，而是嘶哑地，像婴儿的哭泣，有气无力。清秋就想到昨天刚看的《玉观音》里的一个情景，毛杰把一只小熊捂在那个小孩儿的身上，小腿蹬啊蹬啊，渐渐地也就不动了。

清秋一边拿下门后的毛巾擦脸，一边从半掩的门里瞧出去，那只猫也正探出脑袋朝她这里望过来，一看到她立刻又缩回去，她也把门推了一下，然而没有关严，她又从门缝里往外瞧，那只猫也一样，又探出脑袋，看到她还是立刻退回去了。几次三番，捉迷藏一样，她笑了。她开着门，给它留了进来的机会。又环视了一下四周，看看房间里有没有猫可以吃的东西。猫没有进来，门也就关上了。

咚咚咚，有人在敲门。清秋一开门，便被劈头盖脸的一顿责骂砸晕了，邻家男子气愤地站在那里："每次都是这样，洗澡水全用完了……"清秋战栗着，说："水烧一次也就只能用二十几分钟——"然而这一句辩驳也被淹没在他的怒吼里，她什么也说不出来了。那男子说完便回房去了，砰的一声门响，凝结在空气里的安静被稀里哗啦震碎了，像一片片透明的玻璃片落下来，插进她的肌肤。

"信奉交谈是一种慰藉，正如同信奉画一个面包可以充饥。"清秋在电脑上读到这个句子，便复制下来，放到她的记事本里去。QQ上有一个画着一片梧桐叶儿的头像在跳跃，她点开，寂寞梧桐。

"清秋，晚上好！"他的开场白总是千篇一律，她已经逐渐习惯了这种朴实的问候——记得第一次她说这么老套的对话，既无意义又无趣味。他说，要渐入佳境嘛！清秋说，"需要渐入佳境吗，为什么他一开篇就给我惊喜？"这句话是回忆中的自言自语，却打在信息框里也发出去了。

梧桐问：他是谁？

“他是恶魔。”

以后的每个晚上，梧桐都会冒上来缠着她讲那个恶魔的故事。梧桐开玩笑说，他不应该叫做恶魔，而是应该叫做唐璜。

唐璜，不，恶魔说，一天太长，只争朝夕。他把一天的生活全部忽略过去，只为了等待与她朝夕相对的这一刻。他告诉她，务实是改变现状的最好办法，包括很多层面上，物质、感情和精神，我们应该积极地投入生活。他的这种积极被他自己的行为诠释成争取，不放过任何享受和拥有的机会。他一提到物质，眼前顿时出现了一座房子，那房子像行在水里的小船，载着他的身体晃晃悠悠，其乐融融，然而有时候，船触了礁，他又得把它背在身上，颤巍巍地像只蜗牛；他一提到感情，便有着众多的女子蜂拥而上，分食他的嘴、耳朵还有额头，然后他再把她们一个个杀死；再说精神？前两者已经够他受的了，哪里还顾得上什么精神。

她的眼泪流下来，在雾气迷蒙的浴室里看不清楚，不过，在浴室里，也不需要看清楚。她伤心，因为她不想看到他在她想象中的样子。

清秋站在水龙头下面，被水包围着就像被恶魔包围着。她一遍遍地把水从皮肤上抹干。擦香皂，冲水；擦浴盐，冲水；擦沐浴乳，冲水……就像一个浩大的工程，又像是一场战争，硝烟弥漫里，恶魔的阴沉的不怀好意的笑无处不在。

邻家男子又在敲门了，她惊醒似的把浴巾裹在身上，又拉下来，算是把水抹净了，她没有穿内衣，套上那个筒子一样的睡裙便从浴室里跑出来。邻家女孩一脚把那只猫踹出门来，像个帽子一样滚到清秋的脚边。仓皇之中，她愣了一下，那只猫怔怔地望着她，没有跑开。

寂寞梧桐的头像似乎闪了好久了，她点开。

“你的文字很美，爱情是不是也可以激发一个人的才情？” 清秋说，爱情？哪里有爱情？

“爱情妄想症也算啊。”

“神经！”清秋骂了一句就不理他了。

不承认归不承认，清秋还是不由自主地去查了一下“爱情妄想症”这个词，具体的意思是说你总是认为某一个人爱上了你，其实那个人与你不相干。恶魔是如何让身边的女子都得了“爱情妄想症”的呢？清秋思考着这个问题——

房间里除了猫叫再没有任何动静，她轻手轻脚地走出卧室，客厅里有一线光不知道是从什么地方照进来的，她顺着那点光亮摸到冰箱前，取出一罐“露露”。她手里拿着那罐“露露”往回走，觉得那光亮也跟着她走，越发奇怪起来，急急地往卧室里跑，却撞在正要拉出去修理的洗衣机上。血，在膝盖上扩散开来，像一个花苞瞬间绽放，她捂着膝盖跑回到卧室里，到处翻，翻，翻出一块白色的手帕，正要包扎，却发现膝盖并没有流血，只有那隐隐的痛让她确定刚才是撞到洗衣机上了。她坐回到电脑前，梧桐还在，心里的恐惧顿时消了一大半。

“能不能公平一些，你的空间密码是什么？”清秋问。

“我还以为你永远不会对我的空间有兴趣呢，”梧桐说，“想要进去啊，自己动脑筋。”

“架子还不小，我才懒得浪费时间呢。”清秋的语气里有点撒娇的味道。

梧桐最终没有把密码给她。

寂寂的长夜里，她在试密码，试了一次又一次。

清秋梦见自己在试密码。

当她醒来的时候，她听见嚓嚓的、爪子挠门的声音，就像挠在她的心上，清秋轻轻地拍了拍门，猫便老实了，她想象着它坐在床上侧耳倾听的神情一定好玩。她打开房门，这次，猫没有退回去，却只是望着她。

清秋站在门口，自言自语地说，“猫儿，你像我一样哦，也是这么孤单。”她蹲下身来，抚摸它的毛发，“……其实我以前不是一个人的，他不喜欢我了，就走了，不过我从来都没有怪过他，因为我慢慢地发现，我也不喜欢他了。”

猫很乖巧地一动也不动，也许是生怕她抽回自己的手，重新把它关在门外。它很安静地倾听，渐渐地眯上了眼睛。

她看见他在人群里流浪，额上渗着细密的汗珠，眼角疲惫的笑，他在赶场，一个空耗生命的场——那一丝激情也沉了海一样永无用武之地。一路妥协，逐渐麻木，最终变成一具行尸走肉……她的心忽然痛了一下。

为着她自己!

她觉得自己变成了一具行尸走肉。

她开始害怕——

不再喜欢他没关系，问题是她渐渐地发现这个世界上再没有一个人能让她喜欢，再没有什么疼痛能够刺戳她的神经，爱情是机械生活中最敏感的试剂，它把痛苦注入人心，以证明人还活着。

她和他一样，有着密密麻麻的树形的神经，坏死的神经。

她轻轻地叹息着，想：一个没有切肤痛苦的人也不会有切肤的幸福。她暗暗下着决心：必须忘记他，只有忘记他才能忘记自己。她想到了梧桐。

梧桐空间上的提问是“寂寞梧桐深院锁清秋”，清秋想，下一句应该是“剪不断理还乱”，可是试了几次都不行。她以一个秘密和乌幽交换，乌幽帮她破解了梧桐的密码，很简单，就是这句诗的上一句。她从来没有想过谜语和谜底是可以反过来说的，有时候，惯性让人困在自己的迷宫里。

空间里倒没什么日记之类的东西，一看题目全都是很专业化的名词，她几乎没有兴趣点开。

Sternberg 三种成分下的八种不同的爱情关系组合，其分别为：

1. 喜欢：只包括亲密部分；

2．迷恋：只存在激情成分；

3．空爱：只有承诺的成分；

4．浪漫之爱：结合了亲密与激情；

5．友谊之爱：包括亲密和承诺；

6．愚爱：激情加上承诺；

7．无爱：三种成分俱无；

8．完整的爱：三种成分集于一个关系当中。

恶魔VS清秋，喜欢、迷恋，组成浪漫之爱；清秋VS恶魔，喜欢、迷恋、承诺，组成愚爱……后面就是一条条的推理公式了。

她的手慢慢变得冰冷了，血液在血管里汩汩流窜，寒气覆盖到血管上来结成了一层白霜。然而她还是看了一下公式计算的结果：无爱。清秋有气无力地躺到床上去，等待黎明的一线曙光。路灯的光像一团团黄晕洇湿了窗帘，混沌且暧昧。风在盲的夜里呜咽，张牙舞爪的树枝在窗上影影绰绰，像兽的影子。她别过头去，不想做噩梦。远处一声火车的啸鸣。她睡着了。

她看到一群女人，长发、短发、直发、卷发，嬉笑着，咒骂着，她们一起把恶魔抬起来，使劲一扔，嗵的一声，就落到充盈着泡沫的池子里，他在泡沫里游泳，欢快地、卖力地游。她们也一个个落进去，一会儿不见了这个，一会儿又不见了那个，一会儿又都冒出来了。有一个女人很面熟，她凑近了去看，就像凑近了镜子。

她挣扎在泡沫里，望着他和她们。她发现他的头从头顶自上而下一点一点地消失，变成泡沫从身上往下掉，整个头都没有了，继而是上身，就像一个大雪人儿在阳光的照耀下慢慢化掉，可是雪人是从外向内地融化，而他是从上到下，直化到只剩下了下半身。那些女人也都在消失，次第地。泡沫像潮水一样退下去，最后这个池子里只剩下了一双双雪白色的腿恣意又劲道地游走着。她惊愕地睁着眼睛，想伸手捂住张得大大的嘴巴，却发现自己已经没有身体了。

醒来已是傍晚，又错过了第一缕曙光，清秋掀开被子，裹上睡袍，走进浴室里去，长长的睡袍拖在后面，像猫追着自己的尾巴；又像那个给自己写信的人，在一片健忘的天光中重复一个开始。

她跟乌幽交换的那个秘密是她最想忘记的一个人的名字。其实这个秘密对乌幽毫无用处，但是他就喜欢收集别人的秘密，像个远古时代的商人，以物易物，坐在路边，殷勤又精明地等待着路过的人。每换来一个秘密，满足的喜悦便不由自主地爬上他那张丘陵遍野的脸，他把它轻放在自己的木箱里，然后盖上盖子。

清秋是乌幽的老主顾，清秋的秘密多得超乎乌幽的想象。清秋想，要是每一个人都进行这种交易多好，那样的话，她就可以知道很多秘密，其实知道很多秘密并不是她的目的，她的网撒下去，只为了一条鱼。有乌幽掌舵，那条鱼应该不会漏网。可惜，事实上，只有乌幽一人酷好这种交易。

乌幽虽然是她的朋友，可乌幽也是一个商人。所以，她更喜欢把梧桐当作朋友。

“我也在北京，什么时候请你喝咖啡吧！”梧桐说。

“谢我啊？一杯咖啡就打发了，还是想要得到更多的资料？”

“？”

“我不是一直是你的试验品嘛，真的很荣幸，竟然为我一个人写了那么多的报告！”她打这句话的时候双手在发抖。每当气愤的时候她的手就发抖，就像很多年以前，受了别人的欺负一个人躲在房里哭，哭着去拿床上的另一包纸巾，却发现手在发抖……

“你是我的朋友！”梧桐心平气和地说，他已经猜到她看过他的空间了。

“我这个朋友不只值一杯咖啡吧。”

“你生气了？”

“呵呵，没有。”清秋的手已经不再抖了，她笑着说，“朋友有很多种，被人利用的朋友也是朋友的一种，被你这个名扬四海的心理专家利用我应该感到荣幸才是。”

“那咖啡？”

“当然要喝了。”

咖啡馆里和她的家一样寂静，他们坐在最里面，咖啡色的光线，咖啡色的香。俄而有一搭没一搭地聊两句，仿佛两个陌生人偶然坐在了一起，毫不相干却又为这样的相遇不得不说些什么。清秋低着头，看着杯中的液体，忽然开口道：“其实恶魔也没有那么恶，善与恶都只是存在的一种方式，就像美与丑都是审美的一种需要——”她顿了顿，接着说，“无论是作为艺术形象还是人类世界的一个个体它们具有同等价值；每个人都有追求自己喜好的权利，他想从你身上得到一些东西，又想从另一个人身上得到另一些东西，这才是人性，用不用手段是他的问题，给不给是你的问题，用付出去换取回报是件很蠢的事。”

梧桐有些惊讶，睁大眼睛注视着她，过了半天才说，“你这算是彻悟了还是沉沦了？”

“沉沦？这个词也太土了吧，所有的道德标准都是人制造出来约束别人方便自己的。”清秋扬了扬眉毛，很不屑地回道。

“清秋，看来你的妄想症越来越严重了。”梧桐做出一本正经的样子。

清秋笑了，说：“你害怕了吧，我的话整个颠覆了你所有的研究基础，所以你才不敢相信呢！”

梧桐没有接话。他喝完最后一杯咖啡，说，去我家里坐坐吧，既然我们是朋友。

梧桐的实验室很大很大，简直像个车间。清秋在他的实验室里踱着步，工作台上放着一个小笼子，笼子里装着三只白鼠，一只大的，两只小的，她凑到笼子上，仔细观察它们，一边说："它们是你的朋友吗？"

"它们是我的伙伴。"

"嗯，如果你看不透它们的心的时候，会不会像医学专家一样挖出来放在显微镜下？"她仍旧盯着那几只白鼠，和风细雨地说。

"必要的话，我会。"梧桐走到她身后，抱着胳膊俯下身来，也看那些白鼠，他想重新发现它们到底有什么魔力吸引了她。

"哦，那我的内脏是不是也应该随时被你挖出来摆弄摆弄再放进去啊？"她仍旧说得轻描淡写，直起身，看也不看他，向前踱着。

"清秋——"

她看见他变成了恶魔，朝着她扑过来。

"清秋——清秋——"这呼唤从他的胸腔里施放出来，柔软得像风，阴雨天里的风，潮湿、粘滞。

她问他，你为什么要修心理学？ 他说，因为寂寞。

你为什么寂寞？ 因为爱你。

你怎么会爱上我？

因为我是学心理学的。

猎人会爱上猎物吗？她才不会相信呢！

清秋再次倒在泡沫里。在此期间，她又做了一个梦，她梦见自己像孙悟空一样变成了一个小人儿，站在阳台上，似乎风一吹，她就会被吹下万丈悬崖。有一群人围过来观赏这个小人儿，挤压着，喧闹着。

她看到梧桐拥在人群里，撑着两只搞研究的人特有的强健的精确的胳膊挤到前面来。

“别动，别动，这是我的。”她就像是一件稀有珍品一样被他捧在掌心里，拿回家去，和白鼠放在一起。

清秋醒来的时候下意识地摸了摸自己的身体，还在。她从他的肩膀上迈过去，轻轻地开了门，外面，月色如水。

清秋像封闭了恶魔一样封闭了梧桐，一个人坐在寂静的夜里，听那只猫低低地哭泣。

后来， 猫被送走了； 热水器也重新修过， 热水会源源不断地供应。

2009 年

第三支玫瑰

记得一个女作家说过：一个男人的世界里必须有两个女人，
至少有两个，红玫瑰与白玫瑰。
虞琼是我的第三支玫瑰，如果一定要用什么颜色来形容她，那就是黑色。

告别白昼的灰，

夜色轻轻包围，

这世界正如你想要的那么黑，

霓虹里人影如鬼魅，

这城市隐约有种沦落的美，

只是夜再黑，

也能看见藏在角落的伤悲。

记得一个女作家说过：一个男人的世界里必须有两个女人，至少有两个，红玫瑰和白玫瑰。虞琼是我的第三支玫瑰，如果一定要用什么颜色来形容她，那就是黑色。

“我又被流放到孤岛上来了。”我在电话里对虞琼说。

“很不幸。”她的声音从电话里传出来，夹杂着幸灾乐祸的味道。

“你来吗？我们一起到岛上去遛。”

“你自己也可以啊。”

“很滑的，我怕我会掉到水里再也出不来。”

“哦，原来是想拉我一起下水。”

“来吧，琼，真的，这里很适合我们两个人在一起。”

“好吧，我到了你去接我。”

听了这句话，心差点从嘴里跳出来，我和她还从来没有见过面。本来只是试探，却没想到她这么爽快就答应了，心里有些害怕，然而这害怕又让人觉得舒服，就像偷偷做坏事的孩子，一边东张西望地惧怕着被人发现，一边又希望别人看到自己的杰作，仿佛只有故作满脸忧愁才能压得住这满心欢喜，兴奋地到了半夜才睡去，却又被电话吵醒。

虞琼问：“你在笑什么？”

“我在笑吗？我在睡觉啊。”

“哦，打扰你了，我是想再提醒你一下，明天记得去接我啊。”

“当然，当然。”

挂断了电话，恨自己在梦里的笑声都被她听了去。

我在岛上的宾馆帮她订了房，就是我隔壁的那一间。因为很喜欢一句台词，女主角问：“你在哪里？”男主角回答：“我在你隔壁。”我已经过了做梦的年龄，我以为我今生都不会再有梦，虞琼的出现是上天额外的赏赐，我日渐麻木的心在她温婉灵动的语言里鲜活起来。

我知道她是爱我的，只有爱的滋润才能让枯竭萎缩的灵魂起死回生。

船靠了岸，一个熟悉的背影一闪便不见了，我被吓了一跳，然后就开始笑自己做贼心虚，安静怎么会来这孤岛呢？她才放不下家里那么多事情——安静是我的妻子。接着虞琼出现了，我忙迎上去。在以往的日子里，我想象了千百个见面的镜头，见到她的那一刻却是如此云淡风轻，就像两个分别了不久的老朋友再次重逢，很熟悉，也很温馨。

帮她提了背包，一路上说着行程里无关轻重的见闻向宾馆走去。我刻意指出帮她预定的房间，大概是为了显示一下正人君子的风范，然而这显示在我竭力掩饰的欢乐表情上委实好笑了。我们把行李安置好，就准备去食堂吃饭。她从小包里掏出一张船票，日期是10月17 日，今天。折了两下放在枕头下，说要留个纪念。

我陪着她到岛上去遛，话题倒不如在网上聊天时多了，时常触碰到她游移不定的眼神，穿透一切却又对一切视而不见似的。

几块形状各异的岩石堆积在一处，旁边散落着一些小石块，我坐在岩石上，脚边水流淙淙，水里的石块已被冲击得很光滑，大大小小地零落开去，她踏着露出水面三分之一的石块向水里慢慢移动，我望着她越走越远，忽然惊醒，一边向她跑过去一边叫喊着制止，她回转身大笑起来，说：我只是想看看我能走多远。

打了个趔趄，我以为她要摔倒在水里了，却又站稳了。我走过去，拉着她的手，寻找着回来的石块，蜿蜿蜒蜒的路程，蹒跚着走回来。

她仍旧在笑，看起来却并不像是开心。

她说：小时候算命先生说我的命就像一只猫，总是能轻捷地逃脱危险；长大了才知道，处处险境，逃跟不逃没什么区别。

我望着她，做出一副不解的样子。

“有人说相信的人比较幸福，可是我怎么就相信不了呢？”

“相信什么？”我问。

“比如，你是爱我的。”

她大概看到了我错愕的表情，然后又笑起来，“只是玩笑，不必当真。”她松开我的手，独自走到岸上去，坐在岩石上，仿佛很累似的。

“一切纯属巧合，真的。”她说。

“你是指……相遇吗？”

“是的，相遇，相遇也是巧合。”她并不看我，只望着远方。

太阳沉甸甸地向下坠，像一个红色的湿晕，待它完全沉到水里去了，西天便只剩下了古铜色的霞光，光秃秃的树枝一样延伸开去。

她坐在霞光里，塑了一层金色，很美，是那种沦落的美。

就这样玩了几天，眼看着她就要回去了，心里像缺了什么东西一样有些失落。

晚上，她要回房的时候，我下意识地在后面抱住她，鬼使神差一样。她在我的怀里颤了一下，我轻吻她的头发，她的脖颈，希望她能转过脸来。她没有。

我抚摸着她，扳过她的脸，狂乱地亲吻着。她就像一只受惊了的小鸟在我强硬的臂膀里挣扎了几下便放弃了。

我的手从她的颈部向下摸，那薄如蝉翼的衫子像被吸铁石吸走了一样在她身上一件件剥落。我俯在她的身上，亲吻着她的身体，却有冰冷透明的液体在她的脸上渗出，我不是很清楚她为什么会流眼泪，眼泪与那样淡漠的脸很不相宜，然而她却真的哭泣起来，无声无息的，我的心也开始阵阵的绞痛，我想到了她会从我的生命中消失，想到了死亡。一大段一大段的哀吟像孤独的猫头鹰在深夜里哭泣，我从她悲哀的眼睛里觉察到那哭泣来自我的嘴里，不禁诧异了。为了不至于在这痛苦里窒息，我拼命地把自己嵌进她的皮肤里，用身体的疼痛来驱除心灵上的痛苦，遗忘明天，明天的明天，竭力地让自己专注到这一刻上来……

我在幽暗的森林里狂奔，狂奔，只为了能找到她，我唯一的琼。我看到她坐在风和日丽的山谷中，鸟语花香，她望着我微笑，然后我们一起飞翔，巡回在这个只属于我们两个人的极乐世界，就像泡在泡沫充盈的海水里，没有形状，不可比拟。

一抹鲜红的血如娇艳的玫瑰盛放在白色的床单上，我爱惜着琼痉挛般的疼痛。

早晨我醒来，虞琼已经不在身边，我叫了几声，仍旧没有回音，她不会像电视里常有的剧情一样不告而别了吧，我拨通了她的电话。

“我在岛上遛，真的很滑。”

我惊了一下，想起昨天她那副恍惚的神情，赶紧披衣下床，跑到外面去找她。

她站在那里，像要飞起来一样张着两只手臂摇摇晃晃地走在水中的岩石上。看到了我，笑着往回走。“我只是想知道我能走多远。”

我本来是想大声斥责她一顿的，看到她这个样子，只得温和地说：“回去吧，先吃早餐。”

“难道你不知道我是不吃早餐的吗？”她望着远处，孩子气的眼睛里似乎有些憧憬。每当这个时候我都会觉得她很无辜，我想告诉她，其实我什么都给不了她，却说不出口。我想，其实我不必说什么就已彼此明了，她是懂得的，她懂得那晚的哭泣，是绝望。似乎这种心照不宣对我是一种莫大的折磨，所以我仍旧想说，想把事实血淋淋地摆出来，摆在我们面前，残忍地横起那道不可逾越的沟渠。

“不吃早餐很容易老的。”我说。

“没关系，快一点老，快一点死，这样在我的有生之年就可以有你一直在。”

她见我不说话就转过头来，斜睨着眼睛望着我：“你不喜欢老了的我吧？”

“不，琼是永远年轻的。”我伸手拂开她脸上的头发。

“永远年轻的只是你的梦，不是我。”她幽幽地叹着气，仿佛一下子从小孩儿变成一个迟暮的女人了。

我实在无法忍受她的神经质，她的神经质给我一种恐惧感，她随时都会消失，突然地，就再也找不到了。我开始怀疑她是否真的爱我，一种强烈的被欺骗的感觉涌上来。扑向她，吮着她冰凉的嘴唇，叫喊、咒骂，维护着我自以为是的爱情。她闭了眼，任我猛烈的动作肆意摆布，脚底石块咯吱咯吱地响。

有时候妻子打电话来，我告诉虞琼是她的电话，虞琼就轻笑着走出去，其实我是希望她在旁边的，希望她回到现实中来，打我、骂我、甚至痛恨我，然后我再哄她，再和好，这样才是真实的生活。可是，她却从来都不参与到我的生活中来，一碰及到现实，她就离开， 她从来不问我的妻子，我的女儿，甚至我和别的女人的事情。

我憎恨她的虚无缥缈，憎恨她对我生活的视若无睹。我宁愿她跟我吵架，我希望事实会在剑拔弩张的火药味中明晰起来。

这次她又要出去，我拉住了她。我一边跟妻子讲电话，一边观察琼的表情。一无所获。她很安静地坐在我旁边，耐心地听我把电话讲完，不置一词。

“她说我们的房子在装修，还说不用我担心。”

“是吗？”虞琼漠不关心地问了一句。

“她在联系幼儿园的老师，想让我们的女儿早一岁上学。”

“哦。”她的瞳孔睁大了一下，仅此而已。

“你就一点不关心我的事情吗？”

“你说过，这个岛上只适合我们两个人在，我觉得这句话很对。”

我疑惑地盯着她。

“所以，这里只有你我，没有其他。”她站起来，“我今晚想早睡，晚安。”

“你要去哪里？”我拉住她，不顾一切地强吻她的脸，她的唇，企图寻到一点温度，以证实我们的存在。我吮吸着她柔软的舌头，幻想着她会像雪糕一样化掉，化成牙齿一般小小的一枚，含在嘴里，那样我就永远不用担心她会消失。

一切都是徒劳，心如明镜。

假如没有明天，就让我们在今夜毁掉。仿佛要把她撕碎掉，我听得见她纤细的骨骼断裂的声音，两具尸体一样在烈火中焚烧……

或许是因为我的疯狂让她忘记了心灵的伤痛，今夜她没有再流眼泪。

一觉醒来，琼又一次不在身边。阳台上似乎有哒哒的脚步声，帘子被扑啦啦地掀起又落下。琼早就起来了，不知道一个人在阳台上折腾什么。我躺在床上，回味昨夜与她水乳交融的境界，再次麻醉下来。过了好久仍不见她出来，我起床。叫了几声，跑到阳台上，她并不在那里。我猜想她一定是又去岛上遛了。该叫她回来吃早餐了，我可不希望她那么快变老。

我看到岩石上围了很多人，问从身边跑过的一个男孩子发生了什么事，他说，有人掉进水里去了。我颓然立住，心像突然坠了石块，一下子沉入水底。

我早知道她会离开我，早知道的，却没想到会以这样的方式。

琼说，她的文字里只有我。

她在日志里写道："文字就像黑暗里飞来的十字毒镖，一枚枚准确无误地落在旧伤口，顷刻，便如蔷薇无声无息地迅速绽开——

我静静地听着伤口如蔷薇般绽放的声息，就像多年前倾听那颗烧成木炭的心瞬间断裂一样，心都没了，眼泪却不干，我疑心在火光中哭泣的那个女子并不是我。

多年后，你如大士不吝一滴瓶中露，轻轻一点，莲花便化作一颗剔透玲珑心，我的心原本就是你的。我却任意妄为地让它伤残， 然后欣赏着蔷薇般的伤口。黑暗中的毒镖，在你优雅的手中抛落， 伴随着一阵吃吃的笑声。"

"为什么是吃吃的笑声？"我问。

"我笑，是因为绝望；你笑，是因为掌中的飞镖，仍是这样的例不虚发。"她答非所问。

"至少，射中你，我是用了心的。"我说。

"你的用心我要多少时间来赔偿？"她问。

"我抓不住你的影子，你就像断了线的风筝随风飘向天涯。"想到她的捉摸不定我不由得说。

"风筝断了线哪里还能再随风飘，只是一头栽下来罢了！"

我似乎又听到了她静静的叹息。

过了一会儿，她又发了一句来："你一定要小心，不要扯断那根脆弱的风筝线啊。"

然后就下线了。

当时我感动了很久，那一刻竟然有了把她养在金屋的念头。

站在岛上，我深深地叹了一口气。一个生命的陨灭仅仅是因为我不经意的轻薄？

“其实你并不爱我，你爱的只有你自己。”她曾经在QQ里开玩笑说。

“那我为什么要在你身上花费这么多的时间？”我反问。

“因为在这个世界上，只有我懂你。”

“那么你告诉我为什么你会觉得我不爱你？”

她没有回答，只是笑。

其实答案很明显，所以她已经不屑于回答，如果我真的爱她，就不会将她置于阴暗的角落，孤独地自生自灭。

至死，她都不相信我！

一滴眼泪滑下来，我决定在她的墓碑上写：我最心爱的人，琼。

可是我并不想走进围观的人群。只远远地望着，后来转身离开。当我走回宾馆的时候，却看见妻子坐在房间里等我，不经意地问：“你什么时候来的？”

“今天早晨。”她一边说一边去给我倒茶，还问我脸色怎么这么差。

我告诉她是因为疲劳的缘故。

就算没有我，琼也一样会死去，这样一个神经质的女子——我安慰着自己。不过，无论如何她是爱我的，我想她一定是爱我极深的，想到这里不禁稍稍有些得意，镜子里现出一个笑脸，极阴险的，吓了我一跳，赶紧转过身来，背对着镜子。

床上还放着琼的睡裙，我担心地等着妻子的责问，她却没看见似的说："我知道岛上的工作很辛苦，所以特地来陪你，你先坐一下，我去给你盛饭。"

"不用了，食堂里有现成的。"

"食堂里的饭怎么能吃，我给你做了你最喜欢的糖醋排骨。"

糖醋排骨，还冒着热气，很熟悉的味道，我夹起一块，黏滞的液体从骨身上向下流淌。好久没有吃到这么美味的食物了。我贪婪地咀嚼着，啪嗒、啪嗒地响。"在哪里做的，宾馆没有炉灶啊。"

"借用食堂的。"她答。一边还在收拾我的床铺。

她把我的衣裤扔进洗衣机。我不相信她没有看到虞琼那一件件精致的内衣和睡裙，然而最后，晾衣架上只有我的衣服，琼的衣裙像在人间蒸发了一样，不见一件。

仿佛是一场梦，虞琼从来没有出现在我的世界里。

看着温柔贤淑的妻子在灯光下忙碌的身影，心里很踏实。那笑，也是家常的笑，终归是自家人，我想，终归是自家人，我不用担心她会离开我。躺在床上，很快地便睡去了。

梦里是大雾，不是早晨那种蒙蒙薄雾，而是莽莽苍苍地，像水一样涌过来。我努力地睁着眼睛，双手往两边划开去，仿佛在水里游。

过了很久，我看见一个女子的身影在远处一闪，是虞琼。那游离的眼神我不用看也能感觉出来。我大声叫她的名字，拼命地向前跑，却又不见了。

在绝望中醒来。我看见躺在身边的妻子，睡得很熟。

外面下起了雨，我披衣下床，找雨伞找不到，后来看见它支在走廊里，湿漉漉的，很是诧异。回过头来再看妻子，她确实睡得很安静啊。我坐在马桶上吸烟，一边向纸篓里磕着烟灰，忽然看见一张船票，10 月 17 日。琼说要把船票留作纪念的，不知道怎么跑到这里来，脏兮兮的，我没有捡。

准备要离开孤岛那天，我有些不甘心，最后一次去了虞琼的房间。房间里已经不再有她的任何一件东西，我躺在她曾经睡过的床上，失落的感觉再次从心底升腾起来。我抱起枕头，用力地撕扯着，就像撕扯琼的身体。一张照片从枕头里掉出来，妻子、女儿、我，三个人紧紧地靠在一起，微笑着俨然是世界上最幸福的一家。我记得这张照片是妻子最珍视的一张，一直放在她床头的镜框里。接着还有一张船票：10月 17 日。

再次想起那个下雨的夜晚，心里有些恐慌，碑文自然也没有写。

2008 年

风住尘香花已尽

“是的，他为了我，为了天碧，把自己钉死在一棵竹子上。”

他转脸望着姝妃——

那个怯怯的、循规蹈矩的女子，不禁又叹了一口气，

这样一个女子，如何会明白他的悲哀？

永远不会有人来明白他的悲哀了！

空气里氤氲着的饱满的水汽，萋萋的春日也变得迟滞而凝重，满树的桃花沾露带雨，怯怯的花瓣儿像流离的粉蝶悠悠飘落，褐赭色的土地上铺了一层。风一吹，它们向了同一个方向，唰唰地滚动着，仿佛一件薄纱裙从晾衣绳上吹到这稀有人烟的地方来，零落成泥，而落在水中的桃瓣儿漂漂荡荡，渐远了。天碧立在桥上，望向远方。水中一船驶来，船头坐一白衣少年，天碧心中一沉。

船靠了岸，少年匆匆走到桥上来，衣衫飘飘。

“天碧——”他叫了一声，立在她身旁。她仍旧望着被风吹皱的湖面，沉静地问，“他死了？”少年愣了一下，方又笑了，笑意里隐含着无限的苍凉，为了掩饰这苍凉，他不由得说：“你还指望怎样呢？”她转过脸，正望着他，微微皱下眉头，少年的笑像雪片落在水上，迅速消失了，他垂下眼睛，喃喃道出：“他逃走了！”这句简短的答话缓慢，且韵味悠长。

“他逃走了？他会逃走吗？”天碧讥刺地问了一句。

“人都有柔弱的一面，也许他忽然看见了什么或想起了什么，或者是一片桃花，或者是他母亲的一句话，或者，是某一个女子——一念之间——”他的声音轻轻的，像桃花花瓣一样在四月的风里悠悠划过。她已不再听了，转身一步步走下台阶，浅绿色的长裙仿佛新生的柳叶，在半明半昧的晚光之中忽而变成鹅黄，裙角沾了几片桃花。

“天碧——”少年跟了过来，陪她一起走。他望着她，伸出手来，想捏掉沾在她头上的一片花瓣，她往旁边躲了一下，伸手自己拿掉了，“我会遵守我的诺言。”她加快了脚步。

少年怔了一下，停住，目送她离去，渐渐地消失。落寞像寒夜的白霜滋生出来，他抖掉落在肩上的几瓣桃花，便径直向皇宫走去了，灯火辉煌，人影憧憧。正在摆一场庆功宴，为他。

皇上很高兴地迎接了他，“篆儿，功不可没啊。”随后便拉了他的手坐在身边。除了天碧，皇上几乎从来没有对一个人这么亲近，那满脸的欢喜仿佛如释重负，继而又像如获至宝。

“皇上——”少年似乎想说什么，不待开口，年老的丞相也就是他的舅舅连忙抢了先：“还叫皇上，该喊父王了！”皇上笑了，众臣也附和着笑。他的话没说上来，只觉得嘴里发干，转而涩，继而苦。他安静地坐着，一副彬彬有礼的样子。

十年前，篆儿和天碧在院落里玩耍，忽然看见师父背了一个男孩回来， 几乎冻僵了，他们俩赶紧跑到屋里去看，天碧的小手放在那男孩的脸上，她说：像冰一样啊。篆儿看到他脖子上的金锁，刻了八个字："受命于天，既寿永昌"。师父告诫他们不许对任何人讲起，就把金锁摘下藏了起来。

三人一起跟着师父学武艺，那男孩学得很刻苦，人也聪明，他便是宋篱。天碧送他衣物，篆儿送他纸笔，慢慢地，他们熟悉起来。但是他郁郁寡欢的神情却遮掩不了迫人的英气，与初到山上时一样，冷得像冰。每天天碧和篆儿起床的时候，宋篱已经从外面回来，他摘下斗笠，磕掉上面的雪。三两下就支起一个木架，把兔肉穿在木棍上烤。他们围坐在火堆旁，望着兔肉由红变黄……他不笑，也很少说话。天碧想，他的心里一定有很多很多的关于大人的事情。她有时候恶作剧地逗他，却总是被他轻而易举地绕过了。

雪停的时候，他们一起向山里跑去。宋篱走在最前面，篆儿紧跟其后，而天碧总是落后一大截，他们等她。下山的时候，天碧终于要爬到宋篱的背上去了。篆儿跟在后面，挑了他们的猎物。他说："天碧是公主。"宋篱没在意，仍旧背着天碧一颤一颤地下山了。

十六岁的时候，皇宫里来人要接天碧回去。宋篱仿佛从梦中醒来，怔怔地望着眼前这个美得像仙子一样的小师妹，他永远都想不到，她竟真的是公主。篆儿当然也要一起回去，而宋篱却站着不动。天碧拉了拉宋篱的衣袖，要他一起走。他摇了摇头。天碧忽然变得泪潸潸的，一甩身就走了……

天碧踏上落英缤纷的台阶，忧郁的琴声越来越清晰。

“纷纷心绪酒一杯，未饮愁肠已倾颓。”

她在紧闭的铁门前跪下，叫了一声“母后”，泪水便不由自主地流下来。君格皇后的心不禁颤了一下，但琴声依然。

“拔剑临风聊舞月，悲歌散发暗低眉。”

“母后，宋篱走了。”

君格皇后一直没有说话，天碧啜泣着，一句一顿，似乎在等待回音。她知道，君格在听，又似乎仅仅是倾诉，她知道君格不会回答她的。

过了很久，天碧说：“宋篱会回来的，我等他回来。”然后托着长裙站起来，回转身轻轻迈下台阶。

这句话里坚定的语气游丝般传进铁门里，君格的一滴眼泪从她凹陷的大眼睛里滚下来，啪地一声掉在琴弦上，四下飞溅，琴声依然。

“幽幽一曲谁堪和，光寒唯有影相随。”

台阶下了一半，天碧看见垂手而立的篆儿。她抬了一下眼睛，平静地走下来，篆儿望着她，孤独又忧郁。她走过他身边，并没有停留。

“天碧——”他背对着她叫了一声。

她站住，没有回转身。

只有两步路的距离，却仿佛隔了千重山万重山。篆儿说：“如果你不愿意的话，现在还来得及。”

“你是父王的最佳人选。”声音仍旧是沉静的，一张剔透的脸看上去毫无表情。

“可不是你的！”篆儿皱紧的眉头像折翅的鸽子，抽搐着温柔的伤。

她仍旧抬了一下眼睛，纡徐地走去了。“受命于天，既寿永昌”都是谎言，她想，他们这些人就偏偏要听信于一个谎言，她的父王因着这个谎言驱逐了她的心上人。然后——

天碧的婚礼非常隆重。文武百官的贺礼堆积成山。他们开怀畅饮，频频向篆儿敬酒，篆儿来者不拒，杯杯下肚，喝了那么多，却没有醉意，只是心一阵阵地凉下去，犹如喝水。他的表情并没有露出一丝一毫的沉闷和压抑，一贯的调皮、稚气也无影无踪了，仿佛一下子变得成熟起来，平静且温和地笑着，颇有分寸地接受着杯杯敬酒。他看见宋篱定定地倚靠在那棵竹子上，眼中没有丝毫的痛苦，嘴角竟有一抹笑意。这牺牲让篆儿猝不及防，他是故意的，篆儿不由得想，他用这种方式把自己钉在永久的悲哀之上。篆儿擎着酒杯，饮尽最后一滴。

皇上为自己的选择满意地笑着，在众臣的喧哗中不能自已，也多喝了几杯，眼前渐渐蒙眬起来，忽然看见美丽而忧郁的君格皇后向他走来，乌发盘成一个高贵的髻，恬静的脸上微微凹陷的大眼睛幽深如井，一袭麻布白衣，没有任何修饰，如真似幻翩跹而来……

“君格——”他叫了一声，从宝座上扑下来。皇上驾崩了。

“君格——”这一声沙哑却悠长的呼喊穿过了时空的隧道，寂寞地飞旋到了君格皇后的身边，君格从梦中惊醒，带着满身的露水走出铁门，冰一样的圆月冷冷地悬在高空。

篆儿成了当今的皇上，而天碧也从公主成为了皇后。

篆儿坐在龙椅上，时常想，这个位子应该是宋篱的。当年皇上的父亲跟着宋篱的祖父一起打江山，出生入死，却最终也逃脱不了这龙椅的魔力。据说宋篱的父亲煽动叛变，宋氏一家三百口，一夜之间全部毙命，幸亏师父从一个女人手里带走了宋篱，多活了十几年。但也还是没有逃过一死……

成为皇后的天碧常常一个人坐在湖边的凉亭里，出神地望着水面粼粼的波纹。垂柳丝绦一般的枝条铺在水面上，一簇簇的水浮莲荡漾在残阳之下……

宋篱着一身黑衣，站在船头，徐徐漂近。

他的剑在她的注视下没有出鞘。

“冤冤相报何时了。”她站在他面前，剑柄抵在她柔弱的身体上。

“你这句话说得太轻巧了。”他那无法抑制的愤怒——冷冷地说：“他杀死了我的父亲，我的母亲，宋家三百口一夜之间全部毙命！”

“可他是我的父王——”她抵着他的剑，不肯动，“除非你先杀了我！”

“不要逼我。”

他的脸上露出痛苦的神情，她从来没有见过的神情——他一直是个内敛的人，凛然、萧然，锐不可撄——见此景不免心有所恃，狡黠地望着他说：“你不跟我们一起走，其实那天夜里，雪地上，我看清了那八个字。”

相知相惜，不离不弃。

宋篱最终还是下山来，三人又聚到一起，深宫大院却不像山上一样自由了。他时常一个人坐在庭院里，静静的在想着什么。

“恰似春风相欺得，夜来吹折数枝花。”肃肃花絮如疾疾落雪穿过庭树，撒了一地，院中老妪边扫边落，翠带牵风的少女正在园中追逐嬉戏，正是芳径碧草愈踏还生。

行廊上，皇上漫步而来，一眼看到宋篱，竟吓了一跳。问他是谁，他不假思索地说出自己的名字。

“姓宋？你姓宋？”皇上一脸的惊疑，不由向后退了几步，他盯着他看，仿佛要把眼睛伸到对方心里去，宋篱没有回避他的目光，皇上只觉一阵森森的寒气，在这双年轻的熟悉又陌生的眼睛里压迫而来。这双眼睛，幽深如井。他在宋篱简单的“是”字之后哼了一声，恨恨地甩手走开了。

匆匆回到寝宫后，皇上对站在旁边的丞相说：“我不想看到这个人在宫里，他长了一张阴冷的脸。”丞相立刻会意。他要为皇上解忧，遂举荐了自己的外甥篆儿。他说篆儿的武功已是出神入化，再加上他们出自同门，只有篆儿对宋篱的招式了如指掌……

“这件事情不要让君格知道。”皇上挥了挥手，示意丞相去办。

这样的任命让篆儿有些惊讶，有些无措。然后很快就明白了原委。舅舅告诉他说，宋篱长了一张阴冷的脸。他竟然要刺杀皇上，如果不是天碧——

篆儿被命运推到竹林里。

深绿色的竹子一管管粗壮地成长，两个人像飞猿一样在林中周旋，轻捷而优雅，充满悍然的兴致和玩闹的意味。从一杆柔枝跃上另一杆柔枝，身子在林中轻巧地穿梭。当夕阳挂在竹梢的时候，宋篱的动作变得迅猛起来，剑光一闪，竹子像水中的竹排一样扑面而来，篆儿站在砍剩的矮桩上，长剑一横，竹排便天女散花一样断落了，他飞到高空中，踢起一根被宋篱削尖的竹子，竹子像箭一样，在温和的阳光里飞行。宋篱没有躲闪，他倚靠在身后的一棵过于粗壮的竹桩上。篆儿见状，疾步如风地冲上来，纵身一跃，挡了一下那根削得尖厉的竹子，他觉得这样宋篱一定可以躲过，然而一回头，宋篱被钉在竹子上。一个追着竹子迎上去的人，篆儿是没有办法阻止的。他走近了他，一双斜眯了的眼睛，带着些微的笑意，静静地望向夕阳——

竹叶像雨一样唰唰地落下来，落在篆儿的脸上，变成了眼泪。

早上朝，晚批奏折。篆儿要做个好皇帝。为宋篱，为天碧，也为自己。然而一想起天碧，心就隐隐作痛。他坐不住的时候就跑到天碧的寝宫去，天碧却时常不在房里。他问宫女，“皇后去哪里了？”宫女小心翼翼地告诉了他。

篆儿失望地叹了一口气，向湖边凉亭走去。夜色轻纱一样慢慢笼上来了，浅月轻移，花影上了栏杆。他走到天碧面前，把一件织锦的青蓝色斗篷披在她身上，温婉地说：“回去吧，夜露上来了，会着凉的。”

天碧站起身，自顾地又望了一眼那片茫茫水涯，“唉——”一声长长的叹息。

“天碧，不要再等了，他是不会回来了。”

“他会回来的，迟早有一天他会回来的。”她转过头，正望着他，目光坚定且寒冷，篆儿不禁有些悚然，低下头去。她从他旁边绕过，轻轻地向前走去，篆儿抬起头，眼神里有些戚戚然，跟上去，袍子擦在花草上，窸窸窣窣。

“你应该选几个妃子。”天碧说。

“为什么？”他似乎有些气恼了。

“因为你不能像我的父王一样没有儿子。”

“难道我应该像你的父王一样把皇后囚禁吗？”

“没有人能够囚禁我的母后。”她忽然停下来，单薄的身子像秋风吹着的枯叶一样瑟瑟发抖。

“那么你呢？你有没有想过皇室的尊严？我这个皇上，如何立于众人面前？还有你，堂堂的前朝公主竟然，竟然——”他指着天碧，说不下去了。

“你早就应该料到的。”她逐渐恢复了平静，平静里有一种无奈的悲怆。

“是的，我早料到了，我真后悔没有杀了他！”篆儿一向温驯的眼睛里终于现出一丝寒光。宋篱倚靠在竹子上，血从他的胸口一下子溢出来。尖利的竹节上残存着他长衫的碎片——

“你杀了他，我会恨你一辈子的。”她一字一顿地说。剑一般的目光从他身上扫过，瞬间，篆儿觉得自己的衣衫被倏地划开，他成了倚在竹子上的宋篱，心猛地痛了一下。

秋去冬来。

鹅毛般的雪片纷纷扬扬地飘落，天碧仍旧喜欢坐在凉亭里，莹莹的雪片向亭里飞着，粘到天碧的头上、身上。

“风住尘香花已尽，日晚倦梳头。物是人非事事休，欲语泪先流。”

篆儿站在远处望着她，仿佛那雪片化到他尚有余温的心上去，湿凉湿凉的不舒服。他吩咐宫女去劝天碧回宫去，宫女哆嗦着说不敢去，篆儿瞪着她，“不敢去？你就只怕她吗？”

“皇上，我去。”宫女扑通跪下，接过篆儿手中的斗篷。

“皇后，下雪了，外面冷。”宫女瑟瑟地把斗篷披在天碧身上，说，“回去吧。”

“皇后？你为什么不叫我公主？”天碧问得宫女不知如何作答。

天碧咳嗽了两下，宫女忙扶她站起来，向东宫走去。

天碧病了，在床上躺了半个冬天。篆儿站在东宫门外远远地望着，没进去过一次。他只是一遍遍吩咐太医和宫女好好照顾皇后。

初春的早晨，桃花花瓣再次灼灼于枝上，带着几分刚睡醒的诱惑。天碧瘦了许多，身体虚虚地飘浮在久别的桃源里，折纤腰以微步。仿佛经历了一个世纪，她喃喃自语：“宋篱怎么还不来？”

轻轻踏上缝隙里已是绿茵茵的石阶，如今桃花源里人迹罕至，恰是“芳树无人花自落，春山一路鸟空啼”。一片虚空的静默。她跪在铁门前，“母后——”天碧的声音亲切又低沉。“母后，你出来陪陪我吧！”

没有回音。天碧等了很久，君格皇后没有出来。皇上临死的时候曾经暗示篆儿接君格出来，让她重回后宫，也可以和天碧做伴。但是君格仍然把自己关在石屋里，不喜任何人来打扰。天碧说得对，没有人能够囚禁她的母后，除非她自己愿意。那是一种对抗。这种对抗又轮到篆儿和天碧的头上来了。篆儿曾想，他们之间的关系真的就这样永远僵持下去，直到死？

琴声渐渐传来，淡泊幽远，已不似先前的忧郁。

君格皇后的眼泪从她那深陷而美丽的眼睛里流出来，滴在琴弦上，接连不断地四下飞溅，琴声有些发涩了，天碧能听得出来。

良久，琴声止了，天碧站起身，缓步走下台阶，身后伴着原来的贴身宫女。她沿着小径不经意地走来，不觉间，又到了湖边。湖面上依旧飘着零落的桃花，也泊着一只敞篷船，只是船上没有人。

“闻说双溪春尚好，也拟泛轻舟。只恐双溪舴艋舟，载不动，许多愁。”

她的愁烦，积了一个夏天，又一个冬天，已经压得她摇摇晃晃，然而这春色里，总也应该有一点喜庆的颜色吧，绿柳才黄半未匀，春风拂面，痒酥酥的舒服。天碧绿色的衣衫外，披了一件白色的斗篷，斗篷下摆上绣的一枝桃花像着雨的胭脂，要一片儿一片儿落下来。她在想一个办法让母后出来石屋，然后她们一起搬去后宫，还要告诉篆儿——

她忽然看见了篆儿，还有篆儿身后的女子——娇俏、娴静，且充满欢乐。天碧问宫女：“那女子是谁？”

“她是姝妃娘娘，听说已经有了身孕——宫里人传她一定会生下一位龙子呢。”

“我怎么从来没有见过？”天碧疑惑地问道，是否依稀记得篆儿派身边的人特来告诉她，他新纳的妃子——

“她们住在后宫，很少出来玩，而且——”宫女一五一十地相告着。

她已经不再听了，自从她当上皇后就不再踏进后宫了，还是一直住在作为公主身份的东宫里——因为皇上没有儿子，所以天碧就被理所当然地作为男孩子来养，住在太子宫。一个冬天，竟然恍如隔世，连篆儿也不再穿白衣，他长大了。

篆儿一抬头，看见了天碧，他的手从姝妃那里抽出来，快步走到天碧面前。

“天碧，你终于好了。”一丝温驯的笑意在篆儿的眼间崩散开，只是这温驯里又多了几分成熟。

这是她唯一的亲人了，天碧想，从很小很小的时候——可是，他们却半年都不曾见面，忽然有一股透明的液体缓缓地流到心里去，她定了定神，开玩笑似的问：“你希望我好吗？”在篆儿正犹豫的片刻间，她又说，“谢谢你这些天来对我的关照。”

篆儿却觉得她话里有话，一时尴尬，仿佛辩白似的说：“我本想去看你的——”

天碧没容他说下去，忽然问："宋篱是不是死了？"

"天碧——"

"他死了，是吗？"

一阵风吹过，桃花花瓣雨一样簌簌地落下来。

"天碧，你是了解他的——我怕你伤心，瞒了你，现在想来，也许是我错了。"

"你没有错——不管宋篱是死是活，现在对我来说都一样了。"不知道是不是这场大病的折磨，篆儿觉得天碧脸上的寒气不见了，像这春天一样，她的温和的笑意终于复苏。然而，篆儿仍旧担心，他犹豫着说："如果——如果你用回忆去过完剩下的日子，我会很伤心的。"

"大可不必。"

她的话里仍旧残存着某种锐利的东西，篆儿的心再次痛了一下。

"天碧——"

这时候姝妃也走过来，欲上前行礼。天碧望着她微凸的肚子，扬了扬手阻止了她。

"你应该选几个妃子——因为你不能像我的父王一样没有儿子。"这句话再次冷冷地响在耳边，篆儿打了个寒战。天碧的眼神轻轻扫过他，仿佛一把嫩竹绑缚的扫帚。嫩竹的叶子，在阳光里散落， 宋篱的头歪了歪，嘴角流出血来。

他又一次失败了，在天碧面前。

"我该回去了，篆儿。"天碧轻轻地转过身去。

他很想说，晚上一起用膳吧，在幽静的小院里，月轮高悬，丝竹流荡；还有，他要告诉她，其实君格皇后并非外族女子，她的姓氏不是尼南而是宋。篆儿当了皇上以后，曾回山里去见师父，垂垂老矣的山源老人痛心地说，“我教他武艺不是去叫他报仇，而是为了让他防身，我就知道那个人不会放过他，却没想到——我自己的矛和我自己的盾啊！”师父并没有责怪他的意思，篆儿望着一向素朴寡言的师父如此伤心，仍旧有如万箭穿心般，却声色不露……

他一句话也没说上来。

篆儿望着天碧的背影，感觉像云像天一样远，像夜像月一样孤单。他叹了一口气，喃喃道:“她又开始叫我篆儿了！”他回忆似的说，“她，宋篱还有我，我们从小一起长大，尽管她总是亲切地叫我篆儿，但我知道她心里只有宋篱。”他的眉宇间有一丝皱紧的凄凉，固执且悲哀。天地茫茫，蓦地生出一段人生的空寂之感。

姝妃望着他，怯怯地问：“宋篱是谁？”

“宋篱是谁？宋篱是我们最好的朋友，他永远都不会回来了。”

“他真的死了？”

“是的，他为了我，为了天碧，把自己钉死在一棵竹子上。”他转脸望着姝妃——那个怯怯的、循规蹈矩的女子，不禁又叹了一口气，这样一个女子，如何会明白他的悲哀？永远不会有人来明白他的悲哀了！

2002年

他总是鬼鬼祟祟地约我出去，
逼仄的黑色的楼道里，仿佛弯腰曲背蹑手蹑脚地拱在下水道里，
累，累得直叫人想伸开胳膊腿儿大声喊叫。

当年的 ABC

那一年，我还在南方，正在学习一种计算机语言，没有钱，所以跟几个人合租。其中有一个男人，个子高高的，脸白得像在水里浸久了的尸体， 我们暂时称他为B。他经常跑到我的房间里来，动动我的化妆品，翻翻我的书。看见我做好了菜，拿起筷子就吃，还一边评价。唠叨得很，有时候我会说他让人心烦，他也不介意，仍旧来。我没办法， 只得朝向一边看自己的书，视他为无物。

有时候，我去他那边晾衣服，看到他在QQ上聊天，还一个劲儿地嘻嘻笑，不由得纳闷，看他在聊什么，一起开了好几个对话框。“吃饭了吗？” “今天吃的什么呀？” “冬天很冷啊，你要穿厚点哦，用热水泡泡脚。”“你在干吗呢？”“我在吃饭啊。”

我忍不住笑了，一边走到晾衣服的小格子里去，一边说：“打字又慢，废话又多。”

他大概被挖苦惯了，也不反驳。甚至让我帮他聊。

有一天，他就不来了。

我看到他带回一个女孩子，长长的卷发披在后肩上，一袭杏子黄的长裙，脸色也有些发黄，但还算标致。他提了两个装得满满的购物袋。他们在房间里聊天，那女孩的声音有一种陶瓦片似的质感，豁亮里带着一种颐指气使的味道。而他，依旧软绵绵的。过了一会儿， 他跑出来问我，“你什么时候做好饭？我要用煤气。”“还有一个菜。”我把土豆条倒在盘子里，准备洗锅，他抢过去，说：“别炒了，一个土豆丝够了，你一个人能吃那么多吗？我急着用煤气呢。”

我冷笑了一声，没理他，端着我的土豆条回自己房间里去了。

外面传出锅铲碰撞的声音，嗞嗞的菜烧着的声音。他一边炒菜，还一边哼出一两句小曲儿，那女孩子也走出他的卧室，到厨房察看，陶瓦片的声音：“鱼鳞都没刮净，你没做过鱼？”他嘻嘻笑了两声，极尖细的，却也并不反驳。我也跟着笑了，他确实没做过鱼。我只记得，他的锅里永远是西红柿鸡蛋面。只有一次，我刚搬进来的时候，他炒过一盘苦瓜。

合租的另外两个人回来了，嘻嘻哈哈跟他开玩笑，还跟那女孩子打招呼。然后看他把那么多菜一个接一个都端到房间里去了——他们以前经常在一起吃饭。

其中一个人轻声嘀咕了一句，就开始做饭。另一个人说：“多做一点哦，我也没吃呢。”

每天晚上，我都听见B和那个女孩子进门的声音，手里好像提了很多东西，来回蹭着木板墙。他仍旧不厌其烦地做好多菜，仿佛是一种享受，还哼着小曲儿。那个女孩子在他的房间里上网，有时候会出来帮他洗菜。“看看你把厨房弄得这么乱七八糟。”“哈哈，没事。”“唉！鱼鳞全都刮在这里了，板上还要切菜呢，腥死了。”那女孩子一边嫌恶着，一边用刀把那些晶亮的鱼鳞刮下去，倒进垃圾篓里。“哈——你怎么怎么——”他仍旧涎着那张浮尸一样的脸笑着，一边咂着嘴，却说不出一句完整的话来。其实他并不是一个笨人，却生了一张让人很容易想到“贱”这个字眼的脸。

有一天晚上，他拉着那女孩子蹀躞到我的房间里来，说：“你也在找工作吧，阿梅也在找呢，你们两个讨论讨论。”

我不知道他这是唱的哪一出，当时正半躺在床上，闭目养神，有些尴尬，也有些愤怒，以我往常的脾气应该是把手中的书立马砸向他，但是那次我没有这么做，介于那个女孩子的不知所谓的笑脸，我不得不把怒火压下去，我想她未必愿意过来，但是，他硬拉着人家过来，非要瞧瞧黑暗中的我——当时灯泡坏掉了，还没换，用的是台灯——虽然那台灯还是他的。我把一叠人才市场报扔给他，“自己拿去看吧。”

第二天，他又一路小跑上了楼来，推开我的房门。手里举着两瓶酸奶。挤到我床边来坐下，喘息的热气像一头在乡间跑野了的猪。他一个劲地让我给那个女孩子做个评价，仿佛长了无数张嘴巴，到处都是他的脸，他的嘴，声音布满了房间。我不耐烦地站起来，向窗外望去。我说什么呢？那个女孩子？我一点都不了解，也没兴趣了解。“不过像你这样的人，有个女人就该知足了，人尽可妻。”

他去摸自己的脸，像是刚反应过来似的嗷嗷叫着，骂我。我一句话也不想说，倚在窗台上。后窗的小河里，黏稠的绿色的水面上漂着一丛丛垃圾，柳树在灼热的阳光里变得垂头丧气，一阵阵的蝉鸣……他又凑近来，谄媚地把一杯酸奶举起来，“要不要喝？”我倚在窗台上的身体向前一倾，他以为我真的要接过去，赶紧向后一撤，嘻嘻笑着说：“阿梅我们两个一人一瓶的，不能给你。”我唰地抢过一瓶，朝窗外扔去。这个动作在眼前晃了晃，那瓶酸奶仍旧安好地留在他的手中。

这样持续了一个月，有一天半夜里，我听见一个男人的哭声。是B。

连咳嗽带擤鼻涕的，一会儿高昂，一会儿低沉。嘴里还自言自语——他经常自言自语，很多年以后我在一本心理学书中看到自言自语是一种解压方式，可使人封闭在最孤独的环境中也不会发疯。那时我想，他已经发疯了，自言自语就是一种发疯表象。

曾经有一天晚上，B正在聊天，我嘲笑他：饥不择食。他嘻嘻笑着，说：饥不择食？真是个好词，我要把它记在本子上。他就真的从电脑前站起来，颠颠地跑到后面的小柜里翻找，翻出一个日记本来……

“你不知道我爸，他是村长，天天喝酒，每喝必醉，他一醉了我就得去人家家里背他回来，背了好多年，他现在还是经常醉，只是不用我背了，但是我听我妈说，他现在一喝醉了就哭，是因为我到现在都没找到个女朋友。”

我当时一脸愕然，随即想到如果用FLASH来制作这个场景，应该是七帧、十四帧、二十七帧处插入关键帧，然后加入a、b两个动作——

B的哭声并不能拉去我多少睡意，我是一个没有同情心的人——不止他一个人这样说过。睡梦里，我的PS世界中，一个穿黄色长裙的女人匆匆地走过……

第二天早晨，因为是周末，起得很晚。我正在洗漱，B走过来，问：“今天去哪玩儿啊？”我像往常一样对他爱理不理的，生怕一旦给他好脸色，他就会变成苍蝇，嗡嗡地让你脱不得身。我急匆匆地洗完脸，换鞋子，换衣服，然后拿起背包出了门。我倒了两趟车，才到达市中心最大的书店。

我在书店里看了一圈的书，计算机类的，都带着光盘，价格挺高，我得好好选，不能全买回去——A忽然打电话来说：“今天我去不了了，有点急事。”我笑着说没关系，“反正我也要来看书。”挂了电话，没来由地不知什么时候挂上去的笑也随之冷却。如果我够敏感，我应该能听出A的声音有些异常，但是对这些人我一律封闭了敏感的神经，保持着缺乏同情心的形象。我把挑好的书放在书架旁边的矮几上——对我来说，PS是用来装点门面的，而真正可以作为虚拟世界骨架的是VC、VB程序语言，我从小数学学得好，喜欢计算，我用一种精确却又逼真的机器语言把世界编辑、压缩、存放……

后来他又找我，我远远地站着，笑。那个干枯的疲惫的影子，仿佛温水里的青蛙，半死不活地熬着。他说，“你永远都不能体会没有爱情的婚姻是什么样的。”我没有接话，他就没再说什么，眼睛里的沧桑和委屈也不声不响地收敛了……

晚上，C到办公室里来找我，我坐在电脑前，他坐在我旁边。一边抽烟，一边把他隐秘的语言一搭一搭送上来。烟灰掉在地上，他赶紧找了个纸杯，往里面磕着。他说：“今天早晨B给你买的小笼包你都没吃就走了？”

“给我买的吗？我以为给你们的。”我仍旧盯着电脑，PS一张虚牌呢。”

“哼，他会给我们买，铁公鸡一个，他从来没请过我们吃饭。”他摁灭手里的烟头，一甩头地说出这句负气的话。

我笑了笑，算作回应。

“但是他很有女人缘，人家有那个资本嘛。”他又点上一根烟。

我再次笑了，我知道他指的什么，眼前浮现出那张死尸一样的脸。

“但是又分手了，你知道吗？他和新近那个女朋友又分手了。”

我想了想，是啊，那个女孩子好像真的有几天没来过了，房子又重新变得空阔，还有昨天晚上的哭声。

“听说回家去了，家里人给她介绍了一个男朋友，有房有车——”

“哦——”对于车和房的概念我不是很清晰，但是人家总这么说：找个男人，最起码得有房有车吧。所以，我觉得，一说到有房有车，就应该是跟结婚联系在一起了。

“你知道吗？那个女孩子是A给他介绍的，听说是A的一个什么表亲。现在B恨死A了，其实根本不是什么表亲关系。”C意味深长地笑了笑。

“哦——”我又应了一声，这关系稍稍有点乱，我得慢慢梳理。何况，屏幕上那个虚拟地图外形过于曲折，一团又一团的乱麻，开始侵蚀小数点精确到三位的数据。

“她是来找A的，A怎么敢把她带回家，他又给她找工作又给她介绍男朋友，其实，早已经陈仓暗度了，B还在那里傻傻地给人家当盾牌呢。”

“哦——”我再次应着。

“你今天晚上好像情绪不大对？”C感觉到了什么似的忽然问。

“有点累，要么回去吧。”我把那个讨厌的地图关掉。

“好的，我送你。”C把装了烟灰的纸杯拿起来，捏扁，扔进纸篓里。

我起身关了窗户，拉上厚厚的窗帘。走到门口处，关了灯。C的眼睛在这黑暗里泛着光，他长着一双好看的剑眉，但是据说长着剑眉的人都有两面性，要么光明磊落，要么恶事做绝。我想他倒做不出什么大的恶事来，也就会跟人打打架，据说是打抱不平。可是我受不了他说脏话，尽管在我面前有所克制，还经常帮我的忙——他是一个头脑灵活的男人。我必须公正地说，粗鲁的问题不能提升到品质的高度，但是，我不想自己的耳朵被他的污言秽语堵塞。他总是鬼鬼祟祟地约我出去，逼仄的黑色的楼道里，仿佛弯腰曲背蹑手蹑脚地拱在下水道里，累，累得直叫人想伸开胳膊腿儿大声喊叫。B说：你要小心点C，他不知道上过多少女人。但是C一直对我毕恭毕敬，我忽然明白：他们都知道C是一个怎样的人，C也知道他们都知道，所以——他似乎是为我好，为那一片薄薄的清名。然而，这“为”又为得委实好笑。

那天晚上，他又停在楼下，让我一个人上去。

我回到公寓里，B和另外两个人还坐在客厅的酒桌前，正谈得唾液四溅。

“是吗，今天上午？”

“我早就看他不对劲，一定有问题——”

“他老婆要是知道了这事儿，不知道会怎么样呢？”

“能怎么样，他都要去死了？”

“不会吧，要去死，是意外吧？”

B看到我回来，扭着脖子一个劲地问：“怎么这么晚才回来啊？过来，过来坐。”

我不耐烦地说：“怎么了？”

B说：“A，今天上午被一辆卡车撞死了。”

“哦——”我应了一声就进了浴室。

这款被称作《时光切割线》的游戏软件卖出去之后，我就离开了南方。

2012年

深绿色的毛线裤袜

仿佛陷入一个悖论，她疲倦地倚在椅后背上。

总觉得哪里不对，却又说不出。

他陷入一个恶性循环，他在一个怪圈里旋转，

为了“恩人”和“良心”，这难道不又是另一种束缚？

栀子从火车站里走出来，向周围扫了一圈，没有熟悉的面孔，她掏出手机，一边打电话一边走过一条窄马路。初春的早晨，风吹进宽大的袖筒，浑身发冷。“我看到你了。”声音从身后传来，一峰举着手机走近来：“你都没认出我来啊，我还特意把长发披开，为了显眼。”“哦，我以为那是你以前的照片。”这头粗粝的男人的长发让她不知所措。然而是一张年轻、白净的脸，一双杏眼在瘦削的脸上更显得大了，他瘦了很多，瘦得剩下了骨头，所以完全不像照片上那样俊美了。

他拿过她手中的背包，向她介绍着车站旁边的日本建筑。嶙峋的瘦腿不像是在走路，却像在跃，跳跃？穿越？飞跃？身子总是那么摇摇晃晃的。他问她吃什么，她说还不饿。她跟着他走进一家饭馆。皱着眉头看了半天，点了一份八宝粥。他自己点了一份米粉。她要付账，他扬着胳膊把她挡在一边，抢着付了账。

栀子喝完粥，直着身子端正地坐着，看他吃粉，看着看着忽然说刚才忘记给他也拿一个勺子了，正要去拿，一峰抬头从栀子碗里拿出她用过的勺子便喝起汤来，“我是百无禁忌的。”一股暗流在他们之间传递，没有隔膜，一切变得自自然然妥妥帖帖。她的话也多起来，“塔罗盘真的准吗？”

“当然，不过还要看功力。有一次，我洗牌时少拿了一张牌，忽然觉得脑门前一道黄光闪过……牌身上有一种神奇的力量存在，所以我不敢再往深里研究了，怕——”

“走火入魔？”

“会陷进去的。”

他们走出饭馆，马路上人车相挤。他们在缝隙里穿梭。他在前面开路，她在后面紧跟。他说：“你对宾馆没什么挑剔的吧？”

“没有，安全、干净就行。”

“那去我家楼下吧，离着近，方便。”

“嗯。”

等她跟上来，他说：“今晚我陪你吧。”仿佛天经地义似的。

“嗯？”她吃了一惊。

他拍了拍背包，“装备全都在里面，我还带了好几个套套呢。”

“不行。”她斩钉截铁地说，脸色微红，盖着薄薄的愠怒。

他一边发短信一边说："她还等我电话呢，"他像是对栀子说话，又像是对手机说，"我得看看人家是不是愿意。"穿过马路，他又回头问着，"到底行不行啊？"

栀子在人流中觉得有点怕又很好笑，毫不松懈地说："不行。"

"那我得告诉她，今晚还得回去——你若留我，她就叫她的情人来，她还等着我的信儿呢。"

"你女友？"

"嗯。"

栀子笑了，"你们真是奇特。"

楼道里黑洞洞的，踩在旧毡布一样铺的旧地毯上，踢踢踏踏地跟着服务员向里走，看了一间房，竟然没有窗户，一峰说再看看别的，他们跟着服务员走上二楼。"这里刚空出一间房来——"一看就是客人刚走，保洁阿姨正在收拾。粉红色的心形床，床头还有一枝很高的彩色灯罩。一峰环顾着，说："就这间吧，你看，多好。""好吧。"栀子并不是太喜欢，总觉得太乱了，花里胡哨的。

他们回到前台，一峰掏出几张一百元的钞票，栀子跑到更近一点，说："我自己付。"他一定要帮她付钱，她有些急了，把钱硬塞过去，"我干吗让你付？！"他讪讪地收回手，后来在路上有些委屈似的说："你不让我留我就不留，我帮你付钱你不让我也不留。"

栀子笑着，"你们咖啡馆在哪？"

"再拐两个弯就到了，我们坐车吧。"

他们上了公交车，栀子拣了一个靠窗的位子坐下，一峰却坐到最后排去，他说："过来，坐我这边。"栀子说："我怕晕车。""你那种理论是多年前乡下流传下来的，因为土路颠簸，所以坐在后面才会晕车；公交车就不一样，坐在最后面的高座上，形成一个俯视的角度——"栀子并不是相信了他的怪论，但还是坐到他身边来，她说："我不喜欢后面有人看着。""呵呵，果然是天蝎座。""天蝎座怎么了？""心机重，不相信人，被视线之外的人注视着会感觉不安。"

一峰盯了栀子带花纹的深绿色毛线袜裤一会儿，转头望着一下窗外，忽然说："你的裤子跟那个女孩一样。"栀子也望向窗外，根本不可能，不可能看清窗外女孩的衣服样式，也根本没有一个女孩穿袜裤，她想他是想说她的裤子很漂亮……包着细瘦的腿。人人都喜欢瘦而长的腿，但是李岩总说她太瘦了，看上去不大健康。

栀子果然晕车，一峰说："这站就到了。"她跑到门口去坐，车一停就要下车，却被一峰叫住，他说是下一站。她再次要下车，又被叫住。车又停了，她的脚悬在台阶上，询问地望着他，他笑了，"下吧，这次是真的到了。"他也走到门口，继续说，"我怕你觉得还有很长的路会晕得更厉害，如果一想到马上到了就会忘记晕车。"栀子觉得，他就像她的一个兄弟。

一峰说他们咖啡馆老板非常小气的，果然，她在里面等他很久，都没有一杯咖啡端上来，只是那个知道她跟他一起来的服务员几次瞅见她，都笑笑地说："我给你拿杯咖啡来吧。"她总是谢绝，如果知道要等这么久，她就自己去点一杯了，总以为他就要来，就要来，结果很郁闷地坐了很久。一峰很抱歉地说：“今天客户太多了，快走吧，一会儿又被截住了。”

一峰在咖啡馆给人看星盘，塔罗盘占卜。栀子总是说要帮她算算，一峰说要亲手摸牌才能算得准，她就来到了他所在的这个城市， 她想知道她和李岩是不是已经结束了。

她有些紧张地摸牌，他教她摆放的次序，切牌，他一张张解释给她听，最后一张是倒立的隐士：悲伤、冷战、淡漠，没有结果的爱情。她要重新算一次，结果还是一样。

回到宾馆的时候，一峰看她很沮丧，说：“我再帮你算一次吧，原则上只能算一次的，可是你这么远来——”

正立的死神：冷淡、毁灭、小心你的男朋友。

“你看，结果还是这样。”一峰说，“牌是有灵性的，多了她就认识你了，你老问一件事情，你不信任它，就不准了。”

栀子皱着眉头。

在一峰的眼里，栀子成了那个为情所苦的在露台上做梦的少女。他安慰道：“别太难过了，人和人之间就那么回事。”

栀子在心形的床上正襟危坐，“哪么回事？”

“就是两个人搭火过日子呗。”

“你不爱她？”

“哪里真有什么爱情，两个人在一起，能过就行了，她很有头脑——她是我的恩人——”

“恩人？”

“是啊，我遇到她的时候一无所有，正从南方流浪回来——我年轻的时候到处旅行，写诗，什么也没攒下。”

他是一个诗人，诗写得很好，这也是栀子与他交往的原因。他说，很多人看了他的诗就来找他，有重庆女子，有海南的一个小姑娘，还有香港来的，那么远——他称他们为“小情人”。

“我们各自有各自的情人。其实人不必为那么多条条框框所制约，什么是对什么是错？谁又能规定，谁又有资格规定？人生苦短，遵从本心，及时行乐嘛。”

“怪不得昆德拉说，一切都被可笑地允许了。”

“因为觉得对人有利就形成了条文，走着走着，又觉得成了一种约束。无利了，就毁弃；谁知道现行的规矩条文哪一天不会成为可笑的迂腐的呢。”

“什么都可以做吗？有没有前提？”

“前提就是遵从本心。”

“如果你的本心正违背了对方的本心，如果你们的愿望是相冲突的呢？”

“那就要看力量了，谁更有力量，更强大，更有权力，这个权力不只是说世俗的权力，而是意志的力量，尼采的权力意志。”

栀子伸了伸胳膊，站起来，“我去一下洗手间。”

“去吧。”

她走进去，叫起来，“是透明的啊。”

“没关系，我不看就行了。”

“不行。”

“这本来就是情侣套间嘛，”一峰走到窗前去，背对着洗手间，“我不看就行了啊，你这人怎么这么——”

“不行，我不去了，不舒服——”

栀子走出洗手间，重新坐在床沿上。一峰在房间里转了两圈，说，“那我回家了。”

栀子站起来，说：“嗯，好。”

“抱一下吧。”一峰伸出胳膊，又补充地说，“朋友可以拥抱的吧。”

栀子浅浅地埋在他的怀里，厚厚的衣服一层又一层，感觉到他们之间的距离，她说：“我们是兄弟，我总觉得你像我的一个兄弟。”

一峰笑了笑。走到门口他又问：“你一个人不怕吗？我跟你做伴吧，我就躺在床上，什么都不做。”

“不怕。”栀子笑着。

“你若害怕就打电话，我随时可以过来陪你。”

栀子仍旧微笑着，没置一词。

第二天，一峰来接她，说：“你几点睡的？我一夜都没怎么睡。”

“十一点吧。”栀子说。

“想我了没？”

“我们才刚认识。”她觉得这句话问得有些突兀，才第一次见面何来想念？然而瞬间明白这“想”的意思，一个粗暴、暧昧、不透明的词语。那天晚上，在唇枪舌剑中，李岩也突然发过这么一句话来：我想你。她在网上查这句话的意思查了很久，各说不一，此刻，却一下子露出它本来所指，她恍然大悟，看上去却仍旧淡淡的。

一峰反驳道：“什么？我们认识一年多了好吧。”

“才第一次见面。”她若有若无地解释说。

“可是我觉得我们认识很久了。”

她轻笑了。她总是说我觉得我们很陌生，李岩终于有一天，就说了这句话——“可是我觉得我们认识很久了”。她仿佛走在迷雾中，眯着眼睛，仔细地看去，越看越觉得不认识他。

一峰带她去大帅府，然后又去北陵。“在这里给你拍张照吧。”一峰说。她坐在石头上，偏着脸望向湖面，鹅黄色的柳枝，鹅黄色的湖，她也正好穿了一件浅绿色的毛衣，相得益彰，一派柔和。

她又看见他在“跳越”，她想男人太瘦了总不太好，仿佛没有根基。李岩在她的身侧，一步是一步，优雅而持重。

“你搬来这边住吧，我们还可以经常见见面，反正你的工作不用坐班，在哪个城市都一样。”一峰说。

“那边我有很多朋友，这里只有你一个。”

“你说这话太让我伤心了。”

“我在说事实。”

“事实是我很不重要。”

栀子想他是一个被女孩子宠惯了的人。她对“三人世界”感到恶心，却声色不露地听他讲：在他的家里，卧室的大床上，中间躺着他，怀里搂着——一边是他的女友一边是他的情人。然后女友回身向里睡去，他开始跟情人做爱。

“因为同一个身体总会厌倦。”他说。也许他是对的，栀子想，那该怎么办呢？李岩说：“身体总会厌倦的，刺激才撑几时，人生的大部分时间还是在进行会话，精神交流——你是我能说得上话的人……”

回到咖啡馆，一峰把电脑上自己下载的电影拷进栀子的硬盘里。栀子问：“你看了几千部的电影，哪里来的时间啊？”

一峰说：“我是最近才到咖啡馆看星盘的，以前天天待在家里，不是看电影就是看书。”

“这么悠闲啊。”她忽然想到他的“恩人”女友，猜度着那是一个怎样的女人。

“如果不是她，我哪里有现在这么安逸的生活。许多男人在我这个年龄，都在为房子车子孩子奔忙，耗去半生的精力……”

“可是你这半生的精力用来做了什么或者即将准备做什么呢？”

“我什么都不想做，我发现我只要认真做一件事情就会陷进去，我怕最终导致疯狂。”

“呵呵，无所事事，你不觉得这样活着很无聊吗？”

“有时候也会，所以就找情人啊。”

“你不想干点正事吗？”

“我现在不就在做塔罗盘占卜吗？”

“塔罗盘真的可信吗？怎么证明它是可信的？”

“如果你不信就不要算啊。”

“我是想相信，所以才要证明啊，我不能糊里糊涂地去相信一件事情。”

“有些事情是无法证明的，信仰上帝的人就从来不怀疑上帝是否真的存在，怀疑是不敬，是动摇。”

“心悦诚服才能真正地信，才是真正的尊重。真理是求证得来的，无论是用科学实验还是逻辑推理——”

“你这简直是没知识的老百姓心理，非要眼见为实，难道说一个人是得道高僧，你非要看到他飞起来才相信？”

“不一定要他飞起来——”

他打断她，故意夸张地说：“怎么证明？”

他让她说不了话，一看到他说这句话的口气就笑，她笑得喘不上气来。

“怎么证明？我非得用你这句话去问别人，噎死他不可。”他一路在说这句话，一想起来就说，“怎么证明？”她觉得他似乎有些抓狂了。

她想弄明白一件事情，他却不允许她怀疑，怀疑他赖以存活的信仰。她觉得悲哀，他拥有很多，真正属于他的又太少，所以贪婪，为着他的空虚。

“我订的今天晚上的火车票。”栀子忽然说。

“好吧，你决定什么时候走就走。”一峰已经没有先前的谈兴。

“嗯。”

“把行李先拿到我家去，不然宾馆还要再交一天的住宿费。”

“嗯。”

他们一起去退房，她想起第一天晚上，他要上去坐一会儿，前台小姐一定要他登记身份证，他开玩笑地说：你以为是开房啊。前台笑着否认，但仍旧要他的身份证，一定是因为自己抢着交钱，让人家看出他们的关系不是那么的你情我愿的熟悉，所以才一定要他的身份证，为了——负责，也许。

他说：你独自一人跑到陌生的城市来找我，没有想过可能上当受骗吗？她说：没有。不过我妹妹倒是挺担心，她还要陪我一起来。他放声笑了，“还要陪你一起来？”“我妹妹是学法律的，在法院里工作。”“哦，我女友也是学法律的。”“她说我一住下就把地址发给她，好知道我是在哪儿死的。”一峰又笑。他住的小区保安系统很好，电梯也要刷卡，一看就算得上高档，在二十七层，他开始给她讲那个电梯停电了的故事。阴森森的，黑洞洞的……

他们走出电梯。一峰开了门，边说："你进了淫窟了。"

"你敢。"栀子像小孩子一样又变得不自然起来。她学着他的样子换拖鞋。

他在客厅里换衣服，果然百无禁忌。栀子走到他的书房里去。他穿着一身宽松的睡服，加上那长长的辫子，真像个艺术家了。他打开书柜，一排排指给她看他的藏书。最后拿出一本研究塔罗盘的书，"你看，正立的死神代表——"栀子接过书，侧坐在书桌前，仔细地看下去，隐士：牌面倒立表示专断、不易原谅他人、多疑以及气馁；正义：倒立时则暗喻消极、疏远、惧怕创新以及不满；女祭师：当牌面倒立时则表示诡秘、猜疑、冷漠和迟缓。

过了一会儿，栀子认真又仿佛先前受了骗似的说："没有一个好的结局啊，无论抽到哪张牌好像都是厄运。"一峰讪讪地笑着，不知如何解释这个矛盾的发现。他蹲在她面前，把手放在她的深绿色毛线裤袜上，向前摸索。他摸着她细瘦的双腿，她用手中的书轻轻磕在他的手上，驱赶着。他说："碰一下都不可以吗？""你不知道我正烦着嘛。"栀子放大她的烦恼，以便不得罪他地赶开他。

他就坐在旁边一张桌前，开了电脑，翻看豆瓣好友的信息，不再跟她说话。栀子望着他的页面，觉得无聊。空气沉闷乏味。时间昏昏熬过。他终于朝她看了一眼，说："把她那台电脑也打开嘛，你看个电影。""可以吗？"栀子问着，抬手打开了旁边另一台电脑。他半站起身，帮她找电影。点开一个播放器，右边播放记录里显出一溜的A片镜头，他立刻关掉，“换一个播放器，我怕影响你三观。”他找了一会儿，也没找到别的播放器，自言自语地说：“都被她删掉了。”他就把播放器一下点大，“你就这样看吧。”掩耳盗铃一样，栀子一副无知无觉的样子，盯着屏幕看起来。

——《花神咖啡馆的情人们》。这样巧。

萨特在一个又一个情人的房间里旋转，当他明白存在即此刻的时候，他就享受此刻，毫不伪装，原来真实的他是这么小丑模样。栀子说：我不喜欢萨特。一峰扭头看了看她，没有答话。她想：不用契约维持的爱情，唯美、浪漫、理想化，可是，电影撕下了他们的面具——还以为是为了自由，其实不过是为了标榜自由。萨特和波伏娃一个是身体的囚徒，一个是思想的囚徒，在自设的束缚和标签中挣扎。

“活在当下。”一峰说，“有些人是过程主义者，有些人是目的主义者，萨特追求的是自由，是当下，是此在。”

“他不过是用才华给自己的劣根性涂上一层神圣的油，把贪婪包装成自由。果然是彼此的垫背。我玩累了的时候还有你，你玩累了的时候还有我。”

“你真刻薄。”一峰晃着脑袋，似乎有些尴尬，辩驳地说，“因为责任被死死地绑在一起的两个人就是高尚的吗？道德不过是道学家们为了自己的乐趣实施的泯灭人性的游戏——也罢，人生就是一场游戏。”

“在这场游戏里，一定要把自己的快乐建立在别人的痛苦之上吗？”

“痛苦？”

“你没看见，波伏娃一生都在赌气。”

“我们是自愿的，这是约定，甚至是她的约定。”

“那么，那些被你们玩弄过的人呢？有没有女孩子因你而痛苦？”

“我从来不欺骗她们，都是一开始讲好的，我有女友，我不会离开她。她们一开始都说不在乎，只是后来……女人嘛——”

“你们是强者？”

“我并不想伤害别人——”

仿佛陷入一个悖论，她疲倦地倚在椅后背上。总觉得哪里不对，却又说不出。他陷入一个恶性循环，他在一个怪圈里旋转，为了“恩人”和“良心”，这难道不又是另一种束缚？

“你爱她吗？”她不记得自己已经问过这个问题了，还是因为没有得到满意的答案再次问一遍。

“我们不谈爱情，再说时间长了感觉已经疲沓，其实婚姻就是两个人搭伙过日子，老了有个伴儿。”一峰很透彻似的说。

“你会为了爱情离开她吗？”

“爱情是什么，一刹那间的感觉而已。当然，如果她有了所爱的人，要离开我，我不会成为阻碍的，这里什么都是她的——除了这两架书，我搬出去好了。”

“你这样的态度永远不能和任何人保持长久的感情关系——我是说你那些‘小情人’。”

“我也想啊，但是人家要离开——到后来她们就会有要求，无法满足的时候就离开了。”

他拿出手机，让她看他过往的情人，一张一张的照片。他总是问漂亮吗？她说：漂亮。虽然心里并不觉得怎么漂亮，大多是看上去很普通的女孩子，连网吧里卖香烟的女孩为了留她在网吧里叫卖也躺到他的床上去（他以前做过网管，管理网吧事务），他说只要不太讨厌的就不会拒绝，那会伤人自尊心。“一个男人想跟你上床，是对你的恭维好吧。”他强调着。

“这个是从香港飞过来的，”他指着一张照片说，“每次来都待上七八天。”她不知道他是不是在暗示她很快就要走，半开玩笑地说：“我觉得奇怪，你有那么大的魅力吗？”“你这是什——吗意思？”他忽然觉得扫兴，很夸张地问。她笑了。她能从人类内心最阴暗处洞察到幽微之火光，一点点微妙的感情都会触动她，一点点关心就能打动她，所以看上去总是那么多愁善感。他关掉自己的电脑，拖着椅子靠近她，同她一起看电影。她盯着电影屏幕，却能感觉到他忧郁的目光，空洞、凄凉。在这个将要离别的夜晚，寂寂的空气像玻璃一样被防护着，连一声咳嗽都能把它震碎。谁也不说话，仿佛怕着什么要发生。她怕他，他怕她怕他。

终于，栀子盯着屏幕说：“这根虚妄的线似乎不那么牢固了，妒忌，恐惧，分离，最后再在一起，不是因为爱情，不是因为心有灵犀，不是因为心与心的需要，却是因为那张‘伟大’的合影，标签。”

“‘伟大’的合影？”

“她放弃奥尔格林，留在萨特身边，不就是为了跟‘伟大’的萨特一起合影吗。”

一峰又看了看她，再次说：“你真刻薄。”

晚上九点钟，栀子说：走吧。

他们一起去火车站。一峰一个劲儿地说，你穿这条裤子肯定会冷，再套一个吧。“不会。”栀子拎起背包就往外走。“你是来算塔罗牌，和拷电影的，是吗？”他怕她留有遗憾似的已经问了几遍。

石板路被月光照得一片苍白，料峭春风，并不太冷。他说时间还早，还玩一会儿吗？望着车站广场，她不置可否，他就送她进了站。她最后一次说：“不知道为什么，我总觉得你就像我的一个兄弟。”

时间还早得很，她是不想在那个房间里窒息。坐在候车室的硬座上，她拿出略萨的书来读。昏暗的灯光，刚好够看清文字。文字重叠着在她的眼前晃来晃去，一个个全都变成了“李岩”。终于，她等的列车要进站了，她站起来，顺着人流。人流中很多衣衫褴褛者，大包小包，扛着，背着，提着，仿佛三十年代的难民，一张张愚痴的脸上或傻傻地笑着，或皱缩着张开嘴，“心为形役”，她再次觉得悲哀。

2014年

在劫难逃

又是深夜，天空落下霜来，像雪，一片一片的，
滑翔在她的头顶和肩头。
她站在缠绵悱恻的灌木丛中，手足无措。
倏忽之间，那么诡异地，他的灵魂进入了她，她的灵魂进入了他。

他们站在湖边一个修葺平整的台子上，轻傍着栏杆，风从侧面吹过来。

“嗯，冷吗？”他问。

“是，有一点点。”她把冻红的手放在脸上取暖。颈上项链的葡萄坠饰从毛衣领口滑出来。

他的眼睛从葡萄形坠饰移过，定格在她单薄的毛衣罩衫上那两片织成一个个花形洞的口袋上，“你可以把手插在衣袋里。”

“嗯，好啊。”她说着，并没有把手真插进去，“你看，那边，水里有两只鸭子。”她伸手一指，绿色的湖面上真的漂着两只动物，悠闲地画出两条平行线。

他抬了抬眼睛，双手拉着栏杆说：“那是鸳鸯吧。”

“哦——我不大能认得清。”似乎有些颓丧，她歪着脑袋，缓慢的语气像梦呓。

“嗯。”

过了一会儿，她忽然说：“那次失恋就像黄药师失去了《九阴真经》，删除好友就像黄老邪杀死他那些徒弟，横扫式的。之后，连聊天的朋友都没有，孤独，从他离开的那一天开始。”

“如果他说他从来没有喜欢过你，你不要当真，这样心里会好受些。”

他们终于离开栏杆，顺着环河的小径往前走，柳树已经长出新芽，柔软的枝条在风里飘飘荡荡。今天是清明节。他有走上去折枝的欲望，然而，却没有莽撞行事，只是心里想着，想着。他不想赠别，如果一直这样走下去，才好。

“他说这个世界上没有真正的爱情。”她这句话把他从沉思中拉出来。他颇有感慨似的说：“他很聪明。聪明的人应该很少受伤，但是也全无乐趣。”

“唉——”她叹了一口气，沉默了。

* * * * *

那天晚上，我做了一个梦。

在陌生的楼道里踟蹰。一个披着长发的男人凑上来，我急忙向楼上跑去，遇到一个女孩子，仔细一看是同事，她带我进了一个房间，几个半裸的男人粗鄙地卧在床上，我们向里走，便是她租的房间了，在空阔的田野上。那几个男人想进来，我们挡住了门，门忽然变成了半截，上面露出狞笑的脸，胳膊伸进来，像蟒蛇。一边用力抵住门，一边躲闪着他们伸进来的手。门缝里有刀子插进来，我几乎站不住了，她却大大咧咧的，没有一点紧张。终于，那些男人退回去了。刚松了一口气，他们的小妹就故作无意地走到长廊上来探风，我拿着东西向她掷去，然而，最终，敌不过众人，我再次逃跑。奔跑于无涯的田野上，在溟蒙的夜色里。忽然，前面出现了一条小河，船，竟然有一条小船。我上了船，一个年轻的看上去很干净的男子帮助我上了船。临行时，要写联系方式给我，或者，是我要他写联系方式给我。皱巴巴的笔记本上撕下来的长条格纸，一只深蓝色的钢笔。可是，怎么也写不全那几个数字，应该是笔墨快没了，写了几遍都写不清楚，只好作罢。我依稀记得他干净的脸，只记得很干净，却怎么也记不清他的样子。阴暗的黄昏的光景里，安静的小河，他就逐渐淹没在那片苇草里。

* * * * *

“那天早晨我醒来，忽然觉得我已经不再喜欢那个人了。”

“也许你从来都没有喜欢过他。”

他们已经走到小河的尽头，忽然看到一棵开满花的树，两人同时惊诧了，以致词穷。一大片一大片的雪白，晃着人的眼睛，扑面而来，那繁盛叫人感动得想哭。她想伸手摘一朵，却终究没有这么做。

她忽然问："你刚才说什么？"

"哦——"他想了想，说，"也许你并没有真正地喜欢过他。"

"嗯，也许。"她低下头去，又接着往前走。

"看，你不用再向我要答案了——是哪个哲人说的了，问题没有答案，只有等到问题消失没有必要找答案的时候，问题就自行解决了。"

"是啊，解决了。"她双手从肩上滑下来，向着天空伸开，仿佛一只展翅的大鸟，然而很快就垂下了翅膀。她说："人生总有逃不过的劫难——不是他还会有别人，在那个时间，那个地点出现了。我挣扎过——摆脱不了——在劫难逃。"

"什么？"

"在劫难逃。"她重重地重复了一句。

"哦——命运这东西，谁也无力掌控的。"

"无力掌控？还是无法改变？"她偏了头，望向他的眼睛。玻璃后面，一双眼睛沉稳又成熟。这让她想起另一个人，也是这样的一副成竹在胸的样子。

"有区别吗？"他一时弄不清楚，见她盯着自己，掩饰似的快速反问。

她低下头，一边告诫自己他们不一样，一边云淡风轻地说："有啊，无力掌控是受各方面的合力，比如社会了，人性了，身边的环境了；可是无法改变好像宿命一样，已经注定了。"

他松了一口气，静静地说："都一样的，反正就是你不能按着自己的意愿活。"

"宿命是只有一种既定的选择——"

他打断了她，"当你不知道你的命运是什么的时候，你没有像俄狄浦斯那样预先获悉了预言的话，在你的想象里会有很多种选择，或者说没有选择。茫然——"

"是，茫然。"说着，她又开始望向湖面了。这里没有栏杆，她忽然觉得无可凭借。

* * * * *

我又开始做梦。

我从他的房间经过，帘子沉沉地落下来，什么也望不见。他总是这样子，把自己埋在阴暗里。我敲门，他轻笑着，露出洁白的牙齿。

"能不能帮我——"

"当然。"他走出房间，去我的办公室。他说："如果你愿意——"我惊愕地抬起眼睛看着他："如果你愿意——愿意？"

"如果你愿意把这个书架换一个位置，那会有更大的空间。"

我不由轻轻地笑了，笑自己。他的脸上似乎现出莫名其妙的神情，说："我走了。"门在后面轻轻关上，他的背影消失在我的视线里。我极度懊悔地把未出口的"谢谢"塞回去。

漆黑的夜里，冷风吹着，我独自一人站在顶楼的露台上，白色的丝巾在风中飞舞，高高地望下去，望见甲虫般的汽车，五色的灯火。

“你可不可以——可不可以为我活下来？”

我吃了一惊，回头看见他站在那里，似乎很忧郁，他一直很忧郁——他歪着头，仿佛在不停地说着什么，最终却只有一句：“你以为生命仅仅是你自己的吗？你的亲人，还有朋友——”

“他们很快会忘记我的。就像忘记一杯可乐。”

“如果我死了，你会像忘记一杯可乐一样忘记我吗？”他略微留长的头发被风吹到脸上来，盖住了眼睛。像幽灵，我想。风呼呼地吹，我在梦里感觉到自己在做梦。“我不知道——我想我会的。”我终于说。

“怪不得你的手永远那么冰凉——”他伸出了手，“下来，再等一段时间。”

我迟疑着，然后抓住这只温暖的手，轻轻地走下了露台。记忆里好像是我拿起电话，一次又一次，拿起又放下。另一个人在我身边，盯着我看，盯得我拨不了号码，可是越看到他我就越想打电话。

* * * * *

“我曾经想打电话来着，晚上，我想给你打电话。”她说。

“哦，为什么没打？”

“因为——”她笑起来，后面就没话了。

北方的冬天的树还在苏醒中，盘旋的秃枝，在灰白色的天空上拓印；而且，那是怎样的太阳啊，像一洼洁净的蛋清，朦胧又清晰。她举起手机，略微仰起头，拍了一张照片。

树，和夕阳，没有人。

他说她站的位置不好，然后接过她手中的手机重新拍。果然，比她那张美得多，可是，她并不觉得尴尬，就像她分不清鸭子和鸳鸯一样，不使她尴尬。

“好多好多个清明节，我都像游魂一样——今天，不一样，我觉得一切都那么透彻，舒服。”她看着手机上的照片，字斟句酌地说，不是刻意雕琢，只是想寻找更合适的字眼。

其实她不需要这么花费力气，他就明白。他也有同样的感觉。

“最近在听什么歌？有人说音乐的手最容易揭开伤疤，我就曾亲眼看见一个人砸毁音箱。”她说。

“《北京一夜》你听过没，很有中国风味。”他忽然弯下腰去，她以为他要做什么，原来是鞋带松了。她一边想笑一边说：“嗯，民国时的调子，但是‘北京’不够古典。”

“要是说苏州或者金陵，那味道就不同了。”他仰起脸，很自信的样子。

她笑了。仰起头，天上飞着一只风筝。

“还有我比较喜欢《血色浪漫》里的民歌，尤其是钟跃民和秦岭对唱里有几首信天游，唱得真绝；也可能是我对黄土文化的理解更甚，和故土有关。”

“你喜欢其中的谁？”她问。

“钟跃民。”他毫不迟疑地答着。

“哦，在路上的人。”她抬起头，说，“但是我不喜欢高月。”

“呵呵，也许那个倒是符合现实的。”

她又笑了。

跟那些人在一起，只有纠结，仿佛被困于天网之中，喘不过气来，却又逃不出。而跟他在一起，她会有一种豁然开朗的感觉，她想永远这样走下去。他让她内心宁静。

* * * * *

又是深夜，天空落下霜来，像雪，一片一片的，滑翔在她的头顶和肩头。她站在缠绵悱恻的灌木丛中，手足无措。倏忽之间，那么诡异地，他的灵魂进入了她，她的灵魂进入了他。伴随着的疼痛带着无可言状的舒服和不可挽回的失落。她看着他哭泣，转过头去，把自己的眼泪吞下去，像水一样分散到血液里，肿胀，每一个毛孔都在抗议，发出声音：早晚都要分离的，何必呢？

然后是真的分离——

一根断木上，趴着一只青蛙。睁着眼睛熟睡。她要走，他轻笑着，也不挽留。

她就走了。

一个人向着草丛深处走去，深深浅浅的草坑有时候像陷阱一样，她几次跌倒，然后又爬起来，继续向前走。她心里想着：早晚都要分离的。他看不到她了。但是，他仍旧在她眼前。她看见他躺在潮湿的草地上，头发上沾着泥土和草屑，挣扎着哭泣，是一张绝望的脸，旁边的树木都在颤栗。青蛙却还在睁着眼睛熟睡。

他看不到她。他将永远再看不到她。这结论让他绝望。

她终于倒在灌木丛里，积藏在心里的话像空气一样冲出她的胸腔，在夜色中回响。一圈一圈的声波，扩散到很远的地方去。

“早晚都要分离的。”

“早晚都要分离的。”

* * * * *

“你冷吗？”他问。

“是啊，这天气——”

“这里风大，要不我们下去吧？”他们坐在矮山上的亭子里，望着嶙峋的石头搭成的过道，一簇簇绿色的植物在石头缝里钻出来，早春的天气，透着微寒。

“不，没事。”她把抱在肩上的臂膀落下来，伸了伸有些酸痛的胳膊，“你说，你仍旧相信爱情？”

“是的，我相信。”他轻笑着，不经意地把一条腿绕到另一条腿上，“但是我不相信爱情会遍地开花。”

“我也是。”她低下头，看烧着蓝花的碎磁砌成的地面。

他循着她的目光，也看那精致的地面。

太阳像烧红的炭火在湖面上游移着，不肯落下。夜，像花香，悄无声息地漫上来。

“回家吧。”她已经有些瑟瑟发抖了。

他仿佛没有听到这句话。“其实现实往往都很世俗，有时候你想获得那么一丝纯粹的爱情，结果却发现原来根本就是个假象。”

“是啊，所以我现在活在自己的心灵境界中，不参与。”

“我感觉到了。”他似乎也觉得冷了，用手随意地拉了一下黑外套，接着说，“我不同，我总是不由自主地参与进去，然后带着一身伤痛地退回来。”

“我比你聪明。”她得意地笑着，他总觉得那得意里有些悲凉。她说，“我曾经相信过人，可是人却要辜负我的信任。”

“嗯，明白。”他说。

心仿佛一下子空起来，变得好大好大，像空旷的原野，寂寂的寥落着，鸽子一样的风扑扇着翅膀在原野上横冲直撞，或许是迷了路。过了很久，它终于飞回到自己的巢。他说：“人的生命远比你想象的坚韧得多，我是说在情感上，你必须意识到这个问题，否则你便会越来越苍白，这是一种消耗，消耗和度过是完全不同的事。”

“生命本身就是一种消耗。”

“很多年前，我貌似也有类似的经历，不过后来有一个人让我明白了消耗和度过是完全不同的两回事。”

“有一个人——”她喃喃地说着，不由得羡慕，她也希望曾经有一个人告诉她生命该怎样度过，可是，那些人，都像醉生梦死的白白胖胖的蛹虫一样蚕食着她的生命。她是一个从来没有尝试过度过的人，眼见着，那生命真的成了苍白又枯瘦的纸。她无法忍受这样的真相，“走吧。”她又说了一遍。

“好的。”他站起来。

他们从公园里绕出来，走到天桥边上。一直都没有说话，想着各自的心事。有时候也想这各自的心事是否有一点交集。她忽然觉得悲哀，他有那个人，而她，什么也没有。当问题解决了之后，她发现，她什么也没有了。

她的手从胸间滑下，换了个姿势拎起背包。

他望着她抓住白色包带的手，冷不丁地抓住又放开了，说：“看你的手，都冻红了。”

她不置一词，只笑了一笑，就转身走下天桥去，很小心的，她怕自己一脚踏空。

她回头望了一眼，他仍旧站在那里。然后，她又是一笑。

2011 年

电影中那个孤独的女孩子患了妄想症，把想象当成真实，
在思念和背叛里遭受痛苦，她爱的人出现在自己的臆想里。
她最终杀死了那个骗她说没有女朋友的男人。
看上去有些恐怖，可青梧觉得那感情是唯美忧伤的，她迷失在这种妄想里。
她开始害怕自己也染上了妄想症。

北方的天气被深秋催促着，一点一点转凉了。针叶松还绿着，丛丛的松针伸展在嶙峋的枝上。他们漫步在林中，静静地，在潮湿胀满的空气里长长地呼吸。记得自然课本上说：松树的叶子一边脱落一边生长，所以，看上去永远是蓬勃的绿色，坚韧又倔强。他忽然停下，把大提琴放在身子一侧，蹲下身去。她看到他捡起一枚松果。

“据说可以作药用。”她望着他手里的松果，若有所思地说。

“是啊，可惜还没有成熟就掉下来了。”

她仿佛没有听见他的哀叹似的，朝林子的边缘望去。梧桐的叶子像着了火，橘红、深黄、鹅黄，一层层燃烧着。风一吹，蝴蝶一样旋转着落下来。她提起大提琴，向着那边走去。他手里仍旧摆弄着那个松果，随了她，向前走。

古老的树皮像蟒蛇身上的花纹，斑驳陆离。她站在长满梧桐的斜坡上，望下去，那一片厚厚的叶子望不到尽头，她觉得她的心也燃烧起来了。“渴望燃烧就是渴望化为灰烬。”他走到她身边来，一阵哧哧的响声，叶子支起的小帐篷被他踩扁了。

终于走到一条不规则的小路上，两旁是粗壮的梧桐，在硕大的树冠之下，他们被密密实实地包围起来。树的一侧是用碗口粗的木桩毗连的栅栏，也跟着这条路，跟着这排树弯弯曲曲地伸展开去。

路旁树下有一张长椅，漆成温暖的鹅黄色。

拉开黑色的拉链，她从布袋里抱出她的琴，放在椅子跟前。她坐下来，双眉紧锁，泛黄的厚麻布裙里露出一双小巧的穿着浅蓝色皮鞋的脚。他伸展着四肢坐下来，骨节嘎吱吱地响。他觉得自己像一部老朽的机器，浑身散了架，吱吱嗡嗡地发出异常的声音；又像披了锦绣华服的古尸忽然见了阳光，一块块地迅速剥落，最后连骨架也倒地成灰。他倒在椅子里就再也支撑不起自己，才三十岁，他不禁苦笑了，被世俗的责难一再敲打，落入人间的陷阱，他爬不出来，才三十岁……

不知不觉中，天地间飘起悠扬的琴声，仿佛看不见的丝缎从四面八方升起，轻轻地熨过善感的耳膜，这林子更显得宁静而空阒了。他望着她——不知道这天籁之音是从她纤细的手指流出还是来自她忧郁的脸庞——肃然。他听出来了，是杰奎琳·杜普雷的《缠绵往事》。

他疑心一切都静止了，又似乎进入到一个无人境，过去的生活像一场梦，抛在脑后，他在琴声中坦然睡去了。这坦然终于感染了她，忧郁的脸庞像一朵初开的水莲花一样恬静地舒展，恍惚间，以为这片林子就是整个世界，绚烂且温暖的梧桐叶编织的梦境……

憩息在旖旎的梦里，蹁跹而翔。

忽然，一阵急促的电话铃声不期而来。他急忙握起电话。琴声戛然而止。她缓慢地站起来，把琴收进布袋，拉上拉链，说："走吧。"他从梦中醒来，他从另一个世界醒来，神色匆忙。她的心，那片像梧桐叶子一样燃烧着的心，刹那便成灰烬。

梧桐叶子仍旧随风飘飘摇摇地落着，气息惙然。长椅的尽头，落成一个又一个的坟茔……

不必原路返回，再穿过一片林子。抄了近路，很快就到了繁华的街道上。灰色的格子楼积木一样排列整齐，因整齐而单调，马路却是交错的，因交错而混乱。熙熙攘攘的人群，川流不息。她愣了一下，慢慢地把眼前的事物吸于眼底，然后才平静下来。一辆灰色小汽车驰过，扬起灰尘。她不由得咳嗽起来。

"不能老这样下去啊，你得去医院看看。"他忖摸着轻声说。

"嗯。"她应着，一边捂着半边脸，一边挥着另一只手，竭力拦截那些看不见的飞扬跋扈的入侵物。顾不得听他讲话。

"我得赶紧回去，"他把大提琴递给她，"你一个人要记得去医院啊。"他说完就急匆匆地消失在茫茫的人海中了，她仍旧站在马路边上，像个走失的孩子，趑趄而立。她思量着：还是去医院吧！

就叫了一辆出租车。

“去哪？”司机问，声音像铁片与玻璃的摩擦。

车子里很吵。这声音也像入侵物，让她头晕。她倚在车座靠背上，有气无力地说：“医院。”

“哪家医院？”反光镜里映出司机疲惫且焦躁的脸。

“最近的。”

医院里散发出刺鼻的药水味。她站在窗口，看着别人一边抽血一边谈笑风生。一管一管的一会儿就排满了盘子。她开始眩晕，血液倒流一般。她感觉到自己忽然站到厚厚的海绵上，一脚脚踏空，然后陷落。其实，她仍旧直挺挺地站着。她想，应该出去一下，透透气，或许会好些。她走到短廊上，望着玻璃窗外，仍旧眩晕，草坪从窗外向她涌来，她觉得自己飘在那绿茸茸的草毯子上，东倒西歪。她想她就要倒下去了，心里很清楚，现在仍旧站着，凭的是意志力。终会倒下去的，她的意志力让她走回到验血室——倒在这里总比倒在外面好。

她拉住一名医生，想说话。却说不出来，她倒下了。

醒来的时候，看见那名医生，一团白色。死亡的颜色。他给她量血压。

“血压确实太低了，但也不至于晕倒。”

“或者只是紧张。”她脱口而出。她总不能说自己晕血吧，尽管紧张并不比晕血更有面子一些。

“嗯，你得注意休息，身体太虚弱了。”另一位年老的医生端一杯清水过来，递给她。生得慈眉善目，她想：跟我十年前见过的那个年轻医生一点也不一样——那个医生，冷冰冰的，给她拿了一瓶安眠药。年老的医生一边还问她：一个人来的，没有男朋友陪着？然后就嘱咐她平心静气。

给她量血压的那个男医生瞅着她的病历卡，然后抬起头来，说："回去多吃一些蛋白含量高的食物。你是不是很喜欢喝咖啡？"

她不解地望了一眼那医生，点了点头。

"哦，体内咖啡因太多——奇怪了，一般咖啡因会促使人体肥胖，你怎么这么瘦呢？"他凝视着她，一双笑眼像要掬起一泓清泉，她觉得他离她太近了，简直成了逼视，不由缩了缩肩膀。他不得不收回目光，因为手边的电话忽然响了，刺耳的响声像钢铲反划过铁锅，要把人心划出来似的。

她乘隙抽出病历卡抓起桌上的药离开了，刚走出医院大门就听见后面有人叫她。

"哎——哎——叶青梧。"

她停住了。

"你的提琴，忘记了。"那个年轻的男医生，提着她的琴。

"哦——真是的，我——"她笑了。

"我正好也下班了，不如送你回去吧。"

她还没来得及说话。他就拉她上了车。

他的车是蓝色的。她记得小时候，同学们坐在一起上手工课，有的制作了轮船，有的制作了飞机，有的制作了一列火车，而她，想要一部蓝色的车子——不过，她的手工太差——

“我叫林森，森林的林，森林的森。”医生说。

“你好。”她说。她想自己就不用介绍了，他刚才已经叫出她的 名字。

他提着她的琴，要送她上楼。她也不好拒绝，任他跟着。

“放在哪儿呢？”

“我自己来吧。”她接过大提琴。

狭窄的客厅只有过道般大小，她不得不让他进卧室里来。他审视着她的房间，一张很大的床，却只放了单人被褥。白底蓝花，不是医院里那种泛黄的白，而是彻底的白色灯管发出的光一样的白，蓝茵茵的，透出一种孤寒。床里侧错落地堆满了书。一桌一椅。墙上挂了一面大镜子，正冲着床。门边的原木三角架上放了一大罐咖啡，蓝山。

“很朴素的房间，女孩子很少有这样的。”林森说。

“嗯。”

他告诉过她，有时候人家说朴素其实就是贫穷。但她不介意，转身拉开阳台上的纱窗门。

“你一个人吗？怪不得身体这样羸弱，一个人生活总不太规律的，你是不是不爱吃早餐？”

“哦，是啊，有时候来不及吃。”她应着，扭头看了看手机。

“不吃早餐是不行的，外面的东西不干净，你可以自己磨豆浆，　　每天早晨喝一杯，然后——”

她忽然笑了，“你真是个医生。”

他知道她在笑他，也不觉得难堪，仍旧一副严肃的模样。他忽然正望着她，“你真是太瘦了——”

他的眼睛就像某种仪器，带着数字般的精确又审慎。看得她的心有些发毛。她躲开他的视线，走到阳台上去。

“阳台不算大，不过也可以养些花草之类的——你喜欢金鱼吗？”他也跟着走到阳台上来。

她简直要愤怒了，她很想大声说不喜欢，可是看着那张无辜的脸，不由得点了点头。

“我家里养了好多鱼，改天送你几条。我有一间花房——哦，你别误会，我的性别取向没问题——我一直想找个女朋友的——最好是恬静的、身材瘦瘦的那种——”

“我有点累了——想休息。”她的脸色终于冷下来。

“哦——你不要误会——我不是那种人——我是一名医生，有正当的职业——我只是觉得你太柔弱了，柔弱得勾起人的保护欲望……”

这时候她的手机响了，她拿起来看：LS。她没有接。

她忽然哭起来。他站在她身边，怔了一下，然后把手放在她的肩上，轻轻地拍着，“会好起来的，一切都会好起来的。”

晚上，青梧一个人关着灯看电影，阴暗里，咖啡的热气袅袅升腾。

电影中那个孤独的女孩子患了妄想症，把想象当成真实，在思念和背叛里遭受痛苦，她爱的人出现在自己的臆想里。她最终杀死了那个骗她说没有女朋友的男人。看上去有些恐怖，可青梧觉得那感情是唯美忧伤的，她迷失在这种妄想里。她开始害怕自己也染上了妄想症。因为今天她发现她的意志力并不是想象中那么强——竟然清醒地晕血。她站起来，在屋里踱了两步，一抬头，忽然看到镜子里一个穿着白色吊带裙的女人逼上前来，长发蓬乱地披散着，不禁吓了一跳。房间里只有电脑反射出来的一点幽光，阴暗中，那镜子里只有她的轮廓。她赶紧摁了一下墙上的开关，灯亮了，在灯罩的遮挡下，一片焦黄的光线撒下来。她拿出柔肤水喷雾往脸上喷，慌乱的，仿佛要挽救什么。

抓起手机。LS。她看了看，绕过了那个号码，把手指轻按在星宇的名字上。

“是我。”轻轻地说出这两个字来，连她自己都觉得自己是个幽灵。

“这么晚了，有事吗？”那边问。

“没事。”她挂断了。

却听见QQ咔咔地响。黄金巷的头像，是星宇。签名：地狱里的温柔。

她点开对话框。

“怎么了你，到底？”星宇问。

“我刚看了一个恐怖片，睡不着了。”青梧答。

“原来如此。可惜我们离得太远，不然我可以陪着你一起看。”伴着一个调皮的笑容表情。

“那你就陪我聊聊天吧。”她半靠在椅子里，伸手拿了一个芒果，把皮一条条撕下来，像撕着月牙儿，黄色的汁液淌在她的指缝间，滴落到雪白的睡裙上。

“你为什么用这样一个无厘头的签名？”

“别人都在假装忧伤，我只能假装快乐了。哈哈——” “你本来就是个快乐的人嘛，还需要假装！”

“没有了。我最近在研究卡夫卡，《地狱里的温柔》是写卡夫卡的一本书。”

“要想了解卡夫卡还是去读他的作品为好，我不觉得别人能比他自己更对自己有表现力。”

“当然。不过这名字还是很贴切的。随手翻了一下，内容确实蛮糟糕。”

……

沉默。

“你在做什么？”青梧又问。

“读书。你读过卡夫卡的《地洞》吗？真是太有趣了，‘我拔腿跑回家后，发现它们没有一个在场，入口处也完好无损，于是我总算满意地放心了。’你看卡夫卡是一个多么风趣的人，他竟然对‘它们’用‘在场’这个词——”

“风趣？你看到的难道仅仅是风趣吗？你不知道他小说里的人怎样的孤独和恐惧吗？你不知道他们挖个地洞是因为太没有安全感吗？”

“青梧，我当然知道他所表现的是人的孤立和绝望，可是我想把话题说得轻松一些，而且，那确实、原本就是一个有趣的故事啊。”星宇争辩着。

“你太轻狂了。”她关掉了 QQ。

她又立刻后悔，为自己的武断和粗暴。他就不会这样说的——他不会像星宇——她用这种方法来宽慰自己，然后抱着提琴走到阳台上去。

头轻轻地随着胳膊来回挪移，她最终沉浸到自己的琴声中去了。是《花样的年华》里郭汝雯拉过的曲子，她只听过两遍，就可以把那些音符背下来，她是个敏感的人，对音乐就像对感情一样敏感。小时候，总是一个人唱歌，电影插曲她听上两三遍就会唱了，然后独自坐在树下的秋千上唱。母亲说她的歌声像拉弦子一样忧伤。拉弦子就是拉二胡。乡下的母亲很熟悉二胡的声音。后来，她拉大提琴，母亲仍旧说，青儿又在拉弦子了。

她并不害怕夜晚，她可以在夜色的屏障之下拉提琴；她害怕早晨。

天微微亮的时候她就会醒。慢腾腾地坐起来，却并不起床，思绪飘得很远，呆呆地望着房中某一个点。似乎是盯着某个东西，而眼里却又并没有任何。“是误闯，一定是误闯。”她时常有恍如隔世的感觉，仿佛从另外那个自己的世界里不小心掉入目前的尘世，这里的人她一个也不认识，一个也不了解。每当她走在街上的时候，她会觉得她的出现成为和谐的街道上一个突兀的存在……

她忽然打了一个喷嚏，雪白的棉被上顿时开出了一朵鲜红的梅花。

这已经不是第一次流鼻血了，她不以为然地拿纸巾擦拭着，梅花的花瓣越来越大，到最后成了一小片红色，不再是梅花，倒像即将凋零的芍药了。

“也许我快死了。”她想。然后披衣下床。

她站在阳台上，望着单调的格子楼，不止一次地想：我肯定有一天会从这里跳下去！

记得九岁的时候，每当午睡醒来，拖着疲惫而机械的身体向学校里走，漫无边际的空虚就开始一阵阵袭来。她走在湖边，柳枝如云，白色湖面上泛着亮光，像鳞片。她想：我应该跳下去……她始终没有跳入那片湖里，然而后来的梦境里，却时常浮现出那几株苍老的柳树，湖水已经干涸，她蹒跚着走在湿滑的土埂上，陡峭的土坡，被雨水冲出的黑色的挂着蜘蛛网的沟渠——像巨蟒的家——传说镇上那条铁路轧过一直盘旋在此地的巨蟒的身体，它动了怒，侵到人间来了。她在梦里提心吊胆地生怕它会突然从哪个孔隙冒出来，但没有一次真的见过它。

恐怖的梦境被清醒驱赶了，但那种熟悉的浩渺的不可抵挡的空虚却紧赶着出来折磨她，她渐渐地不敢午睡，它就瞅着她因失眠而过于早醒的清晨赶来，像传说中的巨蟒，一圈圈将她缠绕，她瘦弱的躯体顷刻处在深不见底的黑暗之中，那蟒蛇凝固了，像岩洞，像隧道，像深井，她在无始无终无色无形的时间中落着，虚空的虚空，她的世界一片虚空。

她对他说。说她的空虚。

他说："你太悲观了。"

"我如何会不悲观呢？"

她的眼睛攒成一种镇定的无可奈何。这眼神让他烦躁，他别过脸去，它却停留在他的心上。他决定带她去一个山清水秀的地方，希望山水可以洗涤一下她的沉重。不允许她带大提琴。他们只带了相机，拍了很多照片。

山，在阳光的照射下黄里泛着红。山顶浮着一小块厚重的云，苍茫的浸渍了的纸一样发黄，曲屈的边缘上又有一圈橙子的红，而山脚下升腾的却是淡淡的白云，像烟一样，又泛着蓝光。山的另一端有一块平地，上面长满了矮松灌丛，近黑的深绿色，还有一畦畦的青草，直逼到湖边来。矮松、云和山一起，倒映在这一片湖里，湖水清得像刚擦过的镜子……

"如果——如果我们能永远住在这儿就好了。"他缓慢地说着，把相机从眼前拿开，直接去望天边的浮云。"这一片湖比西湖更清幽——唉！其实世俗间的事情都是过眼云烟，经历了那么多，范蠡和西施可以携手归隐，而我们呢？"

她没有接他的话茬儿，一味循着自己的思绪说："如果可以重新选择，我要做一名摄影师，把这些明快的色调永远摄取到心里去。它们会变成音乐，渗透到思想里，反复流转，每天都有不一样的画面。”

她最终还是把它们比作音乐，他想。

“疏影横斜水清浅，暗香浮动月黄昏。我最羡慕的人还是林和靖，隐居西湖，结庐孤山。驾一叶扁舟，悠然来往于西湖之上，随手拈来的诗句，又顺手丢弃了……还以为这样的名士，有多少珍藏，盗墓贼挖开他的坟墓，却只有一个端砚和一支玉簪。”

“一支玉簪？你不是说他一生未娶吗？”

“是的。那支玉簪是他清丽的生命上一点亮色；就这么一个点，给他孤峭的一生中蒙上了凄迷的艳丽。”

“终归是个人情怀，说到底，也不过是自我宣泄而已。”

“这才是作为一个人最纯粹的精华，之于文学，之于性情，不沾染任何世俗的渣滓。”

她的脸上仍旧带着淡淡的嘲讽，缓缓细语：“你最羡慕的那种生存状态恰恰是你最不能够得到的。”她的声调拖得很长，仿佛在说着与己无关的事情——他发现她越来越爱嘲讽了，冷嘲热讽、旁敲侧击、咄咄逼人、清冷无情——他没有理会，仍旧远远地望着被水浸过一样的瓦蓝瓦蓝的天空，天空里那片怡然静止的浮云，那身影闲淡浑远，仿佛真是林和靖了……

她不接电话，短信也没有回。他不由得忧心。却找不出借口来看她，因为他们只周末见面，假如周一过来，他怕会让她觉得唐突——

她完好地坐在阳台，会笑他。终于挨到周末。他急匆匆地来到她的家里，推开门，熟练地把包放在门边的三角架上，紧挨着蓝山。他不会把包挂在支架上，是为了保持它的平衡。

她对他说。

是因为孤独，他想，但是他不说出来。

坐在阳台上，早晨的阳光温柔地抚摸着他们，像温水，慢吞吞地，在不知不觉中热起来。她停止了她荒谬的、神经质般的碎语，倚着栏杆发呆。他坐在她身后，漫不经心地，随手把一片梧桐叶塞在她的曲谱中。“你为什么不回我短信？”他终于问。

“我回了，是你没看见。”她说得轻描淡写又理直气壮，而这理直气壮又仿佛是故意制造一种在说谎的感觉。她在负气，他想。他不相信，但也不反驳。

沉默了一会儿，她想起了什么似的说:“你总是那么匆匆忙忙的。”

他低头沉吟，“嗯，我也很想停下来。”仿佛字斟句酌地，又说，“可是，我有很多事情要做，我有责任——”

她打断他：“走得太快，灵魂就跟不上了。”

“人在江湖，身不由己。”这句滥俗的句子像稻草一样被他抓在手心。

然后，又沉默了。

她想到江湖，想到人，想到水，浪潮，狐狸和玫瑰。

还有日落。

他们安静地看着太阳轻移，同一个太阳。

傍晚的时候，他照常回去了。西天的霞光像几柄方刀直指到被晒软的柏油路上来，他在一条没有她的马路上穿行，这条马路，从一个世界通向另一个世界……

“你每天晚上都做什么？”星宇在电话里问，脸上带着好奇的笑。

她疲软无力地把提琴斜倚在门框上，拿起听筒，低低地说：“拉琴。”

“拉一段给我听，好吗？”

电话里传来他翻身的声音，他一定睡在空气上，她想，他是一个幸福的人，总是早早地睡到空气上去了。她把电话反放在桌上。马友友的《花样年华》通过电话线抛出千里之外，过了很久，琴声停了。那边也寂寂无声。她对着电话问：“你在听吗？”

没有声音。

电话咔地挂断了。

“昨天晚上我睡着了，不好意思啊，实在太困了，记卡夫卡的笔记到半夜。”第二天星宇在电话里申辩。

“没事。”她说。声音听上去凉凉的，像秋夜里雨后树叶上的滴水声，空旷又寂寥。

星宇的心刹那踏空般悬起来，他轻声地问：“青梧？”

“没别的事我挂电话了。”她没等他回答就挂断了。

星宇曾经问她："你为什么不能读出卡夫卡的幽默，却只能看到他的绝望？"

"是啊，因为我们不同。"她说，"道不同不相为谋。"

"借口。"

她想：星宇像他的名字一样，星光灿烂，浩渺无边，澄澈得像那张照片上的湖。而她，像急流中的旋涡，被冲击得歪七扭八，却还是那样固执地，固执地——"其实我不开心来这里——"她说。

"来这里？"

"这个世界，不是我喜欢的。我只是为了找一个人——"

《1Q84》里说：你是在有形意志的引导下，带着目的来到这个世界，来到这个1Q84年的世界。你和天吾君不管是以什么形式在这里产生联系，都绝不是偶然的产物。因为你和天吾君强烈地相互吸引。

"什么样的人？"他躺在露台的充气床上，望着夜空，轻轻地问。

"跟这个麻烦的世界毫无瓜葛的人。"而跟她却有着强烈的相互吸引的人。

"唉——你找不到的，青梧。"

"问题是，我以为——"青梧差点说出那个人的名字。她以为某一个人一定是另一个人的必然，也是唯一。可是，事实上，每个人却要爱过很多人，也被很多人爱。而且，最后那一个也未必是对的。所以，爱情，不像村上说得那么浪漫，人，一直被它欺骗。爱情只是一种错觉。像雨像雾又像风。也像小说里说的，到底那个"你"是谁，谁也说不清楚。纠结中，人们宁愿相信，这不是一个具体的人，只是一种情愫。青梧想：我为你流眼泪是因为我为另一个人而忘记你太久了，还是故意忘记你很久而被另一个人伤害后才想起你？你是谁？很多年以后，在我心里，或许，会变成一种情愫。

LS。

星宇忽然明白了，然后就是沉默。那天晚上，其实他并没有睡着。他平躺在充气床上，望着天空。一片云都没有，月亮离他很近，仿佛伸手可即。不知道是谁说过的了，月亮容易使人生病。星宇不会，他冷静地望着它，面对酷爱之物，并没有伸出手。

他想：爱情只是一种错觉，就像眼前的月亮。看着很近，其实很远。

林森约青梧一起去吃饭，并要她参观他的家，他说，他朋友不多，家里没什么人气。她就答应了。

他的房子很大。复式的二层楼。客厅里有一架钢琴，盖着盖子，显然长期没有人弹奏过。墙上挂了几幅油画，人物肖像。他带她走上雕花的楼梯，卧室里收拾得井井有条，一张乳黄色的大床，配套的是一个乳黄色的大衣柜。书架上放了很多书，大多是关于医学的，还有一些自然科普书。

“你的家很有家的感觉。”她说。

林森笑望着她，说：“如果有女主人就更像了。”

她一直侧着头，没看他那张笑脸。她很随意地转过身，拿起一本书看了两眼。

楼上真有一间花房，里面种满了花草，高的，矮的，盆栽，盘植，她都叫不上名字来。还有鱼，花斑的大鱼在方形的鱼缸里游来游去，旁边次第放着几个形状不一的小鱼缸，盛着三两只小金鱼。

“你真是有心的人。”她望着那些花草，心里生出绵延的羡慕之情，想：“一个有如此雅趣的男人，还是需要很多金钱垒筑的。而他，没有钱。他也在林森同样的世界里拼搏，他却仍旧没有钱。他的脸上永远带着一种窘迫的疲惫，他说，其实他早已经厌倦了那个世界，可是，他得背负作为一个人的责任。《圣经》里说，人一生下来就要背负原罪；其实，人一生下来，就注定要背负责任的。”

“我是为一个人准备的。”林森微笑着说。

青梧觉得林森过于轻浮，他的话与这里很不相衬。他不该开口，如果他不开口，站在那里，与这里的景致倒是相宜的。她稍稍皱下眉头，林森还以为她是逛累了，这么柔弱的女子，一定是累了，又是这么大的房子——他就带她下楼，回到客厅里。他的冰箱里存满了各种饮料和食品。她喜欢哪一种，随手可拿。

“做我的女朋友吧。”林森说。

不是你想怎样就怎样，青梧想，他太过于自负或者说莽撞，还以为只要他开口，别人就会同意。就像那次送她回家，他不容她有置喙的余地，他上次出差回来，要她去接站，只见过一次面，他就要她去接站，他以为她会去，他以为她理所当然就已经属于他。还以为是公车，有空位你就可以坐下来，这想法实在可笑。但是青梧没有笑，她说："你不觉得你的决定很轻率吗？"

"医院里有那么多医生，可是你就拉住了我。"那张脸仍旧笑容可掬，这笑容里有一种胜券在握的自负。

"随机的，只是随机的。"她摇着头说。

"我相信缘分。"他握住她的手，注视着她。

"我只相信感觉。"她把头一歪，眼光斜射到旁边的茶几上去。"感觉是可以培养的。"

"我怕麻烦。"她终于抽回她的手，站起来，准备离开。

"我觉得我可以给你幸福，你看这里，什么都有了——"仿佛出乎了他的预料，力挽狂澜一般，再次告诉她看清楚他所拥有的一切。

她忽然笑起来，像第一次忽然哭起来一样。神经质地，颤抖着细瘦的双肩。有些人，让你觉得说什么都是徒劳，就像有些事情，无论你怎样努力，都是徒劳。

"你不要企图跟不和你在同一条线上的人交流，我说的这个不同的一条线可不是一条线上的蚱蜢的意思哦。"他说。他们同时笑了起来。那懂得让她欣慰。曾经有人说："只有那些能堪透你内心秘密的人，才能击碎你所有的防线，开放你紧闭的城池，让他进来，驻守在心田。"他就是那个人，青梧想，他就是。可是——

"你在想什么？"林森问。

"其实，我有喜欢的人。"

“哦，你从来没有告诉过我——”

“抱歉——我以为——我想，你不介意做朋友吧。”

“他是一个什么样的人？他有几个学位？他出过国吗？他有房子吗？他有车吗？”

“他什么也没有。”青梧的回答像一把锐利的刀轻轻一挥，便把他的问题拦腰截断了。

“那你还喜欢他？”他面对着她，自觉失了言，又说，“一个一无所有的男人不是没有能力就是没有责任感，这样的人，只会被社会淘汰，或者说只是社会的累赘。”

青梧冷笑了一声：“你以为你拥有了一切吗？你以为房子、车子、社会地位就是一切吗？学历证书一大堆，书也读了那么多，其实不过是没有灵魂的两脚书橱罢了。”

他那张平整的脸猝尔扭曲，像望见一个孱羸的怪物。他愣怔了片刻，然后才想起应该愤怒，扯着嗓子嚷着：“你这种女人，什么都不懂。还跟我谈什么灵魂，我看你就整个是个幽魂。你知道我们医院里那些女人怎样生活吗？她们尽职工作，不停地进修，她们还要为丈夫做饭洗衣服，为可爱的儿女补习功课，她们懂得生活，懂得什么是爱，你呢？你什么都不懂。”嚷到最后这句话的时候，声音沉闷下来，很讽刺地变得抒情又惋惜。

青梧吓了一跳。心里想着：这就是所谓的，公认的，正常的男人。

正常的男人让她害怕。仿佛身陷囹圄，花房里的植物追下楼来，透迤而行。她与他的世界，她与整个世界发生抵牾。

在你们中间，我总是

犹如油在水中：

总是在最上面

她抓起她的背包和草帽，匆匆地走出那所大房子。米色的麻布背包在她削薄的身上斜挎过来，遮蔽了半边躯体。她顶着大大的阔边草帽行走在阳光刺目的街道上，仿佛契诃夫的套中人，她看不见路人，路人也看不见她。像一堆远古的布料，在风里优雅地飘。

“还是不正常的人让我安心一点。”青梧想。她拿起电话，“星宇——星宇”电话接通了，刚才那股急迫却在不确定性中消失了，她只好有意无意地问道：“你还在研究你的卡夫卡啊？”

“研究完了，该转博尔赫斯了。要不要我跟你讲讲？”星宇戏谑地笑着说。

她觉得他的笑声就像沏得过浓的酥油茶，倒在糌粑上，滑润地入了每一个缝隙。她学着他的语气说：“好啊。”

“博尔赫斯一生都在围绕着时间迷宫、命运迷宫、无限和有限的迷宫写作，他之所以这么喜欢迷宫，是因为空间无限，时间无限，无限的宇宙本身就是一个迷宫；但是无限在迷宫中不是令人绝望的，比如你现在就是在迷宫的中央，人生的中央，但当你看到某样信物，你会想起往事，你离你那个遥远的昨天就像迷宫里的一墙之隔，看起来非常近，实际很远……”

“迷宫里的这一堵墙就是有限吗？就因为这作为有限性的一堵墙让人和人之间不是畅通无阻的，像小说里说的‘她和他之间，她和人之间，人和人之间，都隔了这么一堵墙’，你从这一堵走到那一堵，又从那一堵走到这一堵，来来回回，反反复复，仿佛被困于牢笼之中，多么可怕啊。”

“对，迷宫的可怕之处就在于这种重复，所以牛头怪才自愿死了。”

“记得小时候我学一种舞蹈，其中有一个动作是把手放在膝盖上，随着膝盖的开闭双手来回交换放在膝盖上的左右手，也是来来回回就这么一个动作，做得多了就好似失去了理智，心要从胸膛里冲出来一样。还有后来学敲一种小鼓，同样的鼓点不停地重复，我又有了那种心要冲出来的感觉，头晕目眩，失却自我。”

“其实我们现在也无时无刻不生活在这种重复之中，就像人与人之间的交往，总是在一种不确定性中分分合合，这如同落入牛头怪的境地使人产生焦虑。”

“我们到底为了什么才日复一日地感到不安？是博尔赫斯这种重复还是如萨特所说‘以不是的方式是他自己的将来的意识正是我们所谓的焦虑’。”

“其实这两种观点是有相通之处的，博尔赫斯喜欢混淆时间和空间，他对时间的理解是具体的，有形有色的，他编织的交错、合拢、分歧的时间网络存在种种可能性——这种种可能性就是萨特所担心的‘以不是的方式是他自己的将来’，对将来的不确定性的焦虑，时间的构成密切关系到个人的想象情感。”

“不确定性，焦虑，想象情感……”她仿佛喃喃自语般。

“正是，生活在这样的世界中或者说这样生活在世界中，博尔赫斯是自觉的，我们是不自觉的——所以才常常会迷失。”

“迷失？哦——是吧，不是迷宫，是沼泽，我迷失在沼泽里。”

“呵呵，情感沼泽。村上春树说：迷失的人迷失了，相逢的人会再相逢。”

青梧想：这个世界，所有的人，都如昆德拉所说是行走在迷雾中的人，只是有些人还在寻找，有些人却已认命。听凭于命运的人对孤独的感受是迟钝的，孤独只是那些还在寻找的人的宿命。

“你会不会时常觉得孤独？”青梧问。

“有博尔赫斯和我做伴呢，怎么会孤独？”他反问她。他曾经戏谑地朝着她嚷：“把你的重荷抛入深渊！人啊，遗忘吧！遗忘吧！”尼采说遗忘的艺术是神性的，可是在最该遗忘的地方她的记性偏偏更好。星宇仍旧调皮地笑着，“还有啊，你不该浪费你的天才，你应该走出情执，这样才可以把提琴拉得更好。”

“你又听不懂。”

星宇停了一下，她总是能够不失时机地说出令人扫兴的话来，总是这样一针见血，直接得让人无法回避，甚至没有台阶可下，有些任性妄为，有些旁若无人，又好像什么也没有。过了一会儿，星宇又说：“我是不懂，会有人懂的。总之，你不该为了那些小情小绪浪费你的天才。爱情不是自在之物，它比时间还要虚无缥缈，比迷宫还要无理纠缠，比无限还要不可捉摸，你企图用它来填满你的空虚，是白费力气。”

“你又没爱过，你怎么知道？”

“哈哈……丫头，我不一直在看着你爱吗？”

“世界的旁观者，契诃夫的套中人，单向交流的迷失浪子，你就慢慢地自个儿对着镜子自恋吧。”

孤独的人对着镜子讲话，导致精神分裂，她想：星宇是幸福的，他不是消极、麻木的宿命论者，但他也不会遭受苦苦追索的那些人的孤独。而我，很多时候，被缠缚在孤独编织的网中，一层又一层，破败、疏落却也挣脱不出来，它仿佛长在我的身上一样，与生俱来——如果，如果是与生俱来，如果在我九岁的时候就已经体会了这种孤独，那么它与爱情又有多少关系呢？也许星宇说得对，我只是想用爱情来填充一出生便带来的虚空（注定失败，注定失败……我的意识里回响着一个熟悉的声音）。我企图用一种亲密感情冲破这孤独，却遇不上可信赖的人（LS……蓝山……咖啡因）。我们都带着不可抹杀的过去和脚步匆匆的未来，无法注视当下；我们用黑色的披风包裹着自己，总是说：算了吧，还是算了吧……

夕阳变得像浸了血似的橘黄色，光线弱弱地覆盖下来，筛着颜色泛了旧的竹椅的影子，地上就平铺了一个黑色的影儿。阳台上传出大提琴低沉的调子，仿佛在诉说一个久远的故事，迷惘、惆怅，他听得出还是杜普雷的《缠绵往事》。这曲子太熟悉，是什么时候开始听的了，他回忆着，应该是他们刚刚认识的时候吧。他说是一见倾心，而她，不同意他的说法，她的语气带着负气的语调，脸上却露出久违的欢喜。他想，她一开始就以负气的姿势面对他，她一开始就——曾经有一段时间，他觉得她依赖着他，像甩不开的影子，她的眼睛投到他的心里，窥觑。他疑惧，惊恐。他怕她把自己拉离他已习惯的那个世界，破坏他已经建立的平衡，所以想逐渐淡去，开始对她不闻不问，不理不睬。或许是终于察觉，她也不来打扰他，很长的时间，仿佛将他忘记了。后来，他终于觉得难以忍受这种冷淡，又重新开始。现在，他想，他对她同样有割舍不了的依赖了……

一缕淡光从他的脸上晃着。他从阳台上的竹椅里站起来，靠近她的身旁，说："我知道了一个幽静的去处，下个周末，一起去吧。"她仍旧懒懒地靠在栏杆上，"算了吧。"声音听上去气若游丝，可是隐含着太多下文。她的回答让他愕然。他等她继续，她却什么也没说。他看着她那双纤细的几近透明的拉提琴的手，然后从手指转移到脸上：双眉紧锁。

我不能对行色匆匆的人送上一个微笑，不能去喜欢一个模糊不定的人，不能永远介于两者之间——我感到疲倦：这种不确定性不允许脆弱，不允许诉说，更不允许在人前流眼泪。

他从她的眉间读出了下文，明白了似的点了点头。他的心开始逡巡着了。他无法让她踏实地活在他的生活里，他斡旋在另一个世界，在那里，他有着完整的、系统的、不可交叉的人际关系，她不会介入，也介入不了。往往，爱情是一首浪漫的诗，而现实却是一部悲剧小说。

他转过身，拉开阳台上的纱窗门，回到卧室。他从三角架上拿起背包，蓝山被他的粗笨的动作碰到一边去，从架上滚了下来，撒了一地。他看着那精致的咖啡罐，有些不知所措。“没关系，我自己收拾吧。”她也跟了进来，绕过他，蹲下身去，用她那双白骨般的手指把它们捧进纸篓。

邻家的窗户里飘出陈升的《把悲伤留给自己》，像光线一样，穿过阳台，铺到他们面前来。这老男人的歌像他的小说一样苍凉。他想，每当子夜二时从纠缠不清的梦里醒来的时候，就是这种感觉——

门轻轻地关上了。

夕阳已经沉落，天色灰暗得让人心里不舒服，仿佛这灰暗撺掇着石灰墙壁里的噪音变成了乌云，一团团地把他包围起来。他抬头望了一下天空，喃喃自语：《缠绵往事》将真成为往事了。火一样燃烧着的梧桐叶子次第落下来，在这个深秋的傍晚，梧桐树开始变得光秃了。

她把那本在他手里翻得都折页了的曲谱拿起来，放到一摞书底下去。然后抓起响了很久的电话。

“青梧，我看到了风的自由。”星宇靠在摩托车上，摩托车后面绑着一个灰蓝色帆布背包和一个叠成四方块的充气床。

星宇的声音很大，但是被风撕裂着，只能勉强听得清。青梧感觉到他处于一种空旷之中，应该在离她更远的地方了，不由得问："你现在在哪里？"她的声音也提高了，仿佛在嘶喊。

"在很远很远很远的地方。"星宇说，额前头发被风吹得盖住了那双俾倪世俗的眼睛，闪亮、深邃、充满欢乐地望着前方。

"哦——算了吧。"青梧的声音渐低下去。

"什么？"星宇把手机贴紧了耳朵。

青梧大声冲着电话喊："算了吧。"

荒原上的风凛冽地吹，拉长的调子仿佛正在拍一部鬼片，此起彼伏。星宇嬉笑着装得听不清楚，故意地问了一遍再一遍。

青梧不厌其烦地说着，算了吧，算了吧。孩子气的笑声朗朗地传到千里之外。

2012年

在我的开始就是我的结束

不知道从哪里弄来那么多六角荆棘，
他若无其事地把它们埋在我必经的路上，
血，玫瑰花瓣一样，滴落在路途上。
他看不到别人为他流眼泪，他就要看到别人为他流血。
我把它们擦干，也一副若无其事的样子。

“君应有语。渺万里层云，千山暮雪，只影向谁去？”我总觉得这首词是写尽了人间的相思，只因为喜欢就借来开篇，或者它与我要讲的故事一点联系都没有，就算有一点也是用来装点回忆的。回忆总是喜欢在回家的路上悄悄溜出来，打搅渴望安眠的灵魂。

回家，洗尘一样地洗着疲惫。

我又错过了末班车，只好转车了。

夜风轻轻地吹着，黑色的树在天空茂盛地荫蔽着。街上行人正多，忽明忽暗的广告牌在空中机械地招徕着倦怠的目光，霓虹灯魑魅的眼睛闪烁于繁华又冷漠的街市。

我站在班车站牌前等车，一回头正看见手机店面前的POP广告，“清爽一夏”这个广告应该过期了吧，记起前些天同事说立秋了。

应该是站在秋天的轮回里，我竟迟钝于季节的更迭，以至于错过末班车——班车的时间是随着季节更改的。

是秋天了吗？街上飘游的仍旧是短裙。可是，似乎，今夜的风有些微凉。

音乐从橱窗里涌出来，像水一样在街上肆意地流淌——

“把这段爱情故事拍成电影，就算是白与黑，静静的喜与悲，哭与泪都能让旁观的人暗自流泪……”

陌生的音乐，熟悉的悲伤。

熟悉的街道，陌生的人群。

一个女孩子从我面前走过，稚气的笑容，蓝色的牛仔裙，趿着一双红色的老式拖鞋，大概是刚来城里找工作的吧。

一个乞丐走过来，撑着一根长棍，手里晃动着那个白瓷缸子，我并没有扔硬币给他，对于乞讨天生有一种反感。

如果，一个人连自己的生存都不能维持，那么这个人为什么还要活着？他剩下的唯有索取！一个毫无价值的生命，榨取着生命的尊严。

可是，你却说，轻生的人才是对生命的不尊重，一个不懂得珍惜自己生命的人也不会懂得爱是什么！

“苟且偷生，忍辱负重？”我笑。

“收起你那充满嘲笑意味的表情吧，思，任何生命在上帝面前都是平等的。”你竟然能通过电脑知道我的表情。

“简的话并不是这个意思，不然为什么有人上天堂，有人下地狱？”

“是的，简的意思是说人格，无论贫穷还是富有，无论美貌还是丑陋，他们的灵魂在上帝面前都是平等的。”

“如果穷到去盗窃呢？他的行为出了问题，他的灵魂还是高尚的吗？”

“不是，所以才有了地狱。”

“可是，他是为了尊重生命珍惜生命啊。”我故意强调你的自相矛盾。

你笑了，“虽然不是天罗地网，却也逃不出去了，蜘蛛女侠！”

因为是 IT 行业的，所以经常被你叫做“蜘蛛女侠”，尽管我的“织网”本事并不高明。白天的网是屏幕上的画面，精致却又重复；晚上的网是心灵的文字，华丽却又虚浮。

可是，虚浮又如何？真挚又如何？

你终归是要走的，悄无声息地来，又悄无声息地去了。

诗人的叹息是优雅而伤感的，你说。只是，到了这个时候，我连叹息也没有了……

夜色中，霓虹灯魑魅的眼睛，有些微凉的风——

一个店员提着垃圾走向已经满满的垃圾筒，随后倒进去，而后转身。袋子，废纸，被风吹起来，吹到马路上，旋风般——

“一般人是有良心的，无论如何，人的良心是应该安宁的。”你说。

我想，就像那个店员无论如何她是把垃圾倒进垃圾桶里了，至于最终结果那些垃圾还是回荡在马路上，那是风的问题。

是风的问题又怎样？

我仍旧会想起你，想起你送我的音乐和笑语。

“喜欢一篇文章从它的标题开始，喜欢一个人从她的名字开始，你的名字很特别——月下潇湘。”

“那喀索斯，你也一样。”

“你喜欢水仙吗？”

“我喜欢月亮。”

“哦，明白。”

“明白什么？”

“你喜欢月亮，喜欢竹影，喜欢潇湘妃子。”

“蛮有灵性的嘛。”

“呵呵，谢谢夸奖，既然这样不妨再卖弄一下，你喜欢的潇湘妃子不会是娥皇女英而是林黛玉。”

“记得娥皇女英的并不多，这个名号已经被林黛玉独占了。”

“真正懂得林妹妹的也不多，不过附庸风雅罢了。”

“你呢？”

“如果我说我懂得她，你会是颦儿吗？”

“我喜欢颦儿，却没有拼将一生休的血性。”

“最近网上有一条新闻，有没有看到过，一个豪门子弟千金征聘林黛玉型女友，现在传得沸沸扬扬的。”

“略有耳闻。”

“说是现代社会没有林黛玉了，就算真能找到一个也怕是只得其形不得其神。”

“一个好玩的游戏。”

“游戏？”

“如果真的是颦儿，她会去应征吗？”

“呵呵，说得是。”

每天，待到夜深人静时，我们都会出现在网上，时间并不差几分，仿佛约定。

你突然发过一大段的文字，我看了一眼，是拷贝我的日志。

“什么样的结束才是真的结束？其实已经结束在很早之前。

那一首熟悉的《歌未央》，仍旧在黑夜回荡，所有的诗都成了一种感动，点缀我的回忆。欢乐也罢，忧伤也罢，都足以让我写出最优美的文字，如果，还有时间，如果，可以以杜拉斯的笔调去描述那种凄凉的疏离和绝望，如果，我能够坚强——

其实，我们喜欢着不同的诗行，你喜欢的是海子，单纯而阳光， 我喜欢的是顾城，执着又绝望；我们喜欢着不同风格的歌曲，你喜欢的是用苍凉来表现阳光的青涩歌曲，有时候过于单纯或者单调，我喜欢的是忧伤甚至带上绝望的曲子，应该是配上电影画面的那种。”

“你的文字很美。”

“谢谢。”

“但是很忧伤。”

“也许。”

“你是个忧伤的女子。”

“文字最会骗人。”

“文字也最能暴露一个人的内心。”

沉默。

“怎么了，被我说中了？”

“我在忙。”

“你总是突然忙起来。好吧，你先忙。”

曾经有同事说：你真是忙啊，连比尔·盖茨都没法跟你比。仔细想想，倒真是的。每天坐在电脑前十几个小时，研究界面、浏览网文、写字，有时候什么都不做，安静地坐着，只听音乐，小妹总是很奇怪地说：“我不知道你是真忙还是假忙，看起来什么也没做啊！”我不答话，自顾地把音乐开到最大声。我做的每一件事情都是延续生命的一种方式，即便只是听音乐。有人说音乐的手最容易揭开伤口，我躲在自己的世界里欣赏，伤口开裂的声音就像玫瑰次第绽放。他喜欢送人玫瑰，微微笑着，一副胸有成竹、志在必得的神气，他说：思，看到你的时候我才能从迷途中走回来。纯真得像个孩子，可是，又让人捉摸不透，水是清澈的，蒙上了一层烟雾，隔了这烟雾望过去，只能是月朦胧鸟朦胧了。昆德拉说记忆也是遗忘的一种形式，因为过去式的东西无法再现， 超强的想象力，想象中的他，已不再是他。

“HI，”

你每次都忘记我的告诫，我不想看到这个字眼，我回“你好”。

“为什么？”

“不为什么？”

“不说理由我就照常。”

“那我只能不理你了。”

这个词是我们的一个暗号，我和他。那个像秋天的枫叶一样绚烂的男子，所到之处，层林尽染。他占尽了我所有的篇幅，我也一样，他说，他的诗只为我写，写在枫叶上。“在颤抖的枫叶上，写满关于春天的谎言。”后来，他离开了。我一直以暗号的身份保留着这个词，不同任何人用起；再后来，它就成了一种负担，看到它就像看到我的失败，所以，一个“HI”就会让我愤怒。

“春天真好。”他说，“因为在春天和你相遇了。”……

“你喜欢我吗？”

“我在乎你。”

在我听了一百句“我在乎你”的时候终于忍受不了了，那场争吵是歇斯底里的，也是唯一一次，理由说出来很雷同，因为我在乎他，是真的在乎。之后，再也没有过。他也不再说“我在乎你”之类的话。波澜不惊还是波涛汹涌，至死，我们都没有结论。

他在我的生活中穿梭，不肯离去，然而，也不肯停泊。

温和的人有一样好处，就是他不会挑战你的极限。你没有照常，而是每天都会送我一首歌。你知道我喜欢什么风格的歌。时常沉浸在忧伤的音乐里，心却是温馨的。

“这首歌叫什么名字？”我问。

“《你的选择》。”

“哦，很好听。”

“你的选择是什么？”

“你是指？”

“比如工作，比如爱情——”

“做我喜欢的事，爱我喜欢的人。”

“并不是所有的人都会这么幸运的。”

“是啊，只是心存这样的希望。”

“心存希望的人有时候会变得很忧郁。”

“？”

“因为希望永远只是希望而已。”

我笑，我的笑声通过电波传到你所在的远方。

“你是个忧伤的女子。”

“可是我一直在笑啊。”

“你笑得好凄凉，我能听得出来。”

我沉默！

“我想读懂你。”

“没有人能读懂我。”

“我有耐心。”

“我没有。”我关掉了QQ，是习惯了独自一个人忧伤还是忽然对窥破产生了恐惧？

每天晚上，我仍旧把QQ挂在那里，隐身。你仍旧在，待一小会儿就下线了，我猜想，你只是为了上来看看是否我在，结果没有，就下线了，凄凄的，像一个孤独的背影，我仿佛成了那个刻意制造忧伤的罪人，矫情又可恨，其实——

“我以为会跟他在一起很久很久，就像一架加满了油的飞机一样，可以飞很远，谁知道飞机会中途转站……”王家卫的台词，每一句都可以借来用。飞机中途转站，出乎我的预料。我还记得他说我每天就像梦游一样，活在电影里，讲着别人的台词。他回避着我的忧伤就像回避着那条做不成一道菜的鱼。

终于不忍心，或者也是好奇，或者心有所动，我不再隐身。

“我孤独，却并不忧伤；我平静，却并不冷漠。”你发过这条信息，接着很快地又发过一条：“想我了？”

“？”

“不然为什么用这么诗意的签名，你的签名本身就是一种诱惑。”

“你怎么就能确定诱惑的对象会是你？”

“感觉！”

“又是一个自我感觉良好的人。”

“怎么又是？难道还有谁？”

“对了，你好像问过我是否喜欢水仙？”我避而不答。

“是啊，你喜欢水仙吗？”

“非常喜欢，包括关于它的传说。”

“我送你几盆吧，告诉我你的地址。”

我犹豫了一下还是禁不住水仙的诱惑，就找了一个以前认识的婆婆的地址给你，过了几天，婆婆果然打电话过来让我去取。我把几个瓷盘小心翼翼地运回家，你就开始教我如何护养水仙。还说，等到水仙开放的时候来看我。我窃笑，反正你不会知道我的地址。

这约定仿佛一个电影场景，往往，这样的场景里总是一个人在等候，却终归等不到那个要来的人。然而当时，我没有一点等你的念头，人生若只如初见多好，那调皮的窃笑一直保留下来，就没有花开后你不来的失望。

从车上走下来，不经意地抬头，今晚竟然有月亮。薄冰似的一片，浅浅的悬浮在空中，因朦胧而越发显得凄清了。冒辟疆曾如此形容过陈圆圆——淡而韵。我想，也可以用来形容今晚的月亮。

他说他不喜欢陈圆圆，一个人尽可夫的女子，再美也只是玩偶了。我问他喜欢谁，他说他喜欢班婕妤，我随即就想到了那首《团扇歌》。我正害怕着他把我比作班婕妤，他就开口了，你的身上有班婕妤的气质——我打断了他。此时，我已经隐隐地感觉到了他的身边飞舞着多少只飞燕。

他从花丛里走出来，浑身沾满叶子。然后笑着追问我，“那个人是谁？”很滑稽，却又理所应该似的，面对他的追问我瞠目结舌，无言以对。是谁赋予了你这样的权利？是爱情吗？我想当然地为他做了解释。有一天他问我的行踪，那么拐弯抹角的，像个调皮又任性的孩子，任你怎样都不能心生责备，只有怜惜，一阵夹杂着花香的春风拂到心上来，润湿、清雅。

他说，你是我特殊的朋友。

白炽灯，那灯光是刺眼的，我对一切刺激的东西都过敏，何况，他说，你是我特殊的朋友，这句话让我过敏。

我关灯，几乎晕眩。

“想知道你的名字？”

“？”

“不然见了面怎么称呼？”

“谁说要和你见面了？”

"那总得打电话吧，打电话怎么称呼？"

"直接讲了，为什么一定要称呼？"

"喂，喂，多没礼貌啊。"

"你好啰嗦。"

"呵呵，不要那么固执了。"

"思。"

"思？你的电话？"

"得寸进尺！"

"说过了，在电话里称呼你的名字，可是你不给我号码，这名字怎么用得上啊。"

"强词夺理。"

"名正言顺。快点，电话！"

"我从不把电话号码告诉陌生人。"

"我们只是陌生人？怎么我觉得我们并不陌生呢！"

"始于陌生，止于陌生，只能是这样。"

"为什么？你曾经被转化成熟人的陌生人伤害过？"

你这句话是调侃的，带了温柔的讽刺意味，可是，我没有心情去品味。回忆再次来侵，我害怕思绪短路。

沉默 。

"沉默就是默认。"你不甘心似的下结论。

"不要自以为是地给自己找答案了，我累了，晚安。"

“说走就走啊？先别晚安嘛，还没回答我的问题——”

QQ 头像暗下去，再次隐身。

灰色的天空，深浅重叠的云层。云层之间，几颗稀稀疏疏的星星半明半昧，闪烁不定，仿佛天国里的眼睛，窥视着人间。我想，有一天，我也会化作一颗星星，那么安静地待在自己的位置上，没有任何交叉碰撞，只有到那个时候，我才能忘记他吧。他暗示我必须爱他，不然他会觉得这个游戏不好玩，然后就离开，但是不能因此要求他有所付出，不求回报的爱情享受起来才无后顾之忧。

他喜欢送人玫瑰！只是不送给我。他说，思，我们是心灵的朋友。言外之意是：不需要任何俗世中的物质做媒介。我不置可否，总是这样，对于他所有怪论一笑置之。因为看不透他语言背后那些隐秘的东西，对于没有把握的事情我从不轻易开口。他有时候会生气，以为这是不屑，是对他的示威。直到有一天，连我自己都以为那是一种盈满轻视的不屑。

不知道从哪里弄来那么多六角荆棘，他若无其事地把它们埋在我必经的路上，血，玫瑰花瓣一样，滴落在路途上。

他看不到别人为他流眼泪，他就要看到别人为他流血。

我把它们擦干，也一副若无其事的样子。

他说：你是一个很理智的人，尤其是女人，太理智了会很可怕。

"活着真好！"

"为什么突然发这样的感慨？"

"思，如果我死了，你会不会伤心？"

"人都是会死的，说不定谁会死在谁的前面。"

"可是，如果我先死了，你会不会伤心？"

"我们并不是很熟。"

"也就是说你不会伤心了。"

你忽然变得落寞，不再讲话，过了一会儿就下线了。

那颀长的影子，在月光下踽踽独行。左手抓住右手，我真的更瘦了吗？自己觉得和以前还是差不多，只是比以前更加颓败了。妹妹刚从家里过来，她看到我，惊讶地叫着，姐姐，你比以前更瘦了，瘦得可怕。

可怕吗？不觉得。

瘦而弥坚，我仍旧是强壮的。只有我自己知道我强壮到不能登上四层以上的楼房，强壮到敲门只敲三下而后停下休息再敲仍旧是三下，她们却以为这是淑女的行为，那么轻轻地，那么轻轻地敲着门， 答应着她们的问话，只有我自己知道我是没有力气了！

有朋友说：女人，到最后总是要为一个男人，就算和情爱无关，也还是要为男人的。我说，我不知道我想要什么，但是我很清楚我不想要什么；已经辜负了那么多人，到最后总不能再辜负自己。

他打碎了那盏白炽灯，连打碎白炽灯的动作都是那么温柔……

邪恶——无迹可循。

那天晚上，他一个人坐在露台上，吸烟。我从楼道里望出去，烟头明灭间光亮仿佛鬼火，让我看得发怵。

我低下头。

我听到他在哭泣，像一头困兽，疯狂又懦弱，孤独又绝望。

我转身，不再听下去。

我知道那哭泣不是因为我，他所有的一切都不是因为我，也不是因为任何人，他喜欢王菲的《棋子》，所有的人都是他的棋子，因为同时掌控黑白子的游戏可以为他驱遣孤独。

我不是一个精于计算的人，却总是给人留下精于计算的印象，只是因为那雷池任谁也不肯轻易越过，他说：你是我最好的对手；我凄然笑着：我想要的是朋友而不是对手。

于是，我离开。一步步迈下台阶，幸好，还有台阶可下。

我微笑着转身，他会当作是一种惩罚，其实，只是非此即彼的决绝心性罢了。

既然我们不是朋友，就收起那份炽烈，所有的安慰不过是画饼充饥，两相比较，我更喜欢云淡风轻，远远地欣赏，静静地品味。就像一个笔友所说，每当心情烦躁的时候就喜欢看你的文字，仿佛走进了超脱于世俗的空灵境界，浮躁的内心会慢慢平静下来。是的，既然我们不是朋友，那么就只有欣赏而不能打扰，不能有任何怨怼，也不能说你是我特殊的朋友。

“HI”这是我第一次主动跟你打招呼，第一次用这个早已否定的词。

“HI。”

“生气了？”

“没有，只是有点伤心。”

“玩笑而已。”

“我们认识这么久了，你还只是玩笑而已，难道你是一个只会开玩笑的人吗？”

“你问我？你不是说要自己读懂我吗？”

“是的，很想，可是，我怕没有时间了。”

“没有时间？还是没有耐性了？”

“我很喜欢你的文字——一直关注着你的日志。”

“却没有一句留言！”

“你的空间里不应该有我的足迹，你是应该忘记我的，所以——”

“所以不留下任何痕迹，不留下任何藉口。”过后看这句话不禁胆战心惊，我是对你说话吗？这样的质问，该是对着另一个人的。

“你以后会明白的。”

“如果我说我现在就想明白呢。”

“给我电话。”

“又是交换，没有。”

回到家里，灯没有亮着，妹妹还没有回来，我想，她大概不会回来了，我老催着她搬到宿舍里去，是不是今夜搬走了？我实在忍受不了了，我的房间里，小小的房间里被她塞得满满的，面霜东倒西歪地扔了一桌子，电脑桌上也是饭盆，茶杯，纸笔，她的书，她的本子随处可见，无处不在，床上，胡乱地扔着衣服，被单也落到地上来了……

我是一个很懒散的人，不喜欢收拾房间，但是我更不喜欢零乱，如果是我一个人我会收拾一次，把该放的东西放在固定的位置上，它就永远待在那个位置上，所以房间并不会因为我的懒散而零乱，可是，如今，我一次次发脾气，只是到最后连发脾气的力气都没有了，晕，头晕，晕到想从楼上跳下去……

我不喜欢开灯，可是她要看书，以前只是一个人躲在黑暗里敲击键盘，然而现在，在明晃晃的灯光下，我的文字怎么也写不出来了，不要跟我讲话，不要跟我讲话，我一遍遍地重复，但是她仍旧会凑上前来，姐姐——

“姐姐，今晚加班，我要晚点回家了，不要等我吃饭了。”

我笑了，她还是要回来的，她就像一根藤一样离不开我，尽管我并不能给予她任何东西，在这个陌生的城市里，她只有我唯一的取暖之处了。可是，我不需要取暖，尽管我是寒冷的，尽管我是爱她的。

我已经习惯了孤独，我的生活不准任何人介入。

一个人的夜晚，写着我《梦里也知身是客》的随笔集，忧伤却并不悲哀！

“你是一个寂寞的人，甚至爱上了自己寂寞的影子。”你说。

“也许。”

“我也是，曾经爱上自己的影子。”

“所以一不小心就化成了水仙？”

“你喜欢就行了。”

“？”

“你懂我的意思。”

沉默。

过了很久，我再去看时你已经下线了，心里不禁有些失落。水仙的枝条柔媚且优雅，懒懒地伸展着，仿佛一个自恋的男人，旁若无人。

我躺在床上，却异常清醒，就像窗外那个大而冷的月亮，没有丝毫混沌。电话铃响，是你的声音，柔和，清脆。你说：思，你就是我的影子。

他离开的时候我想我将心如止水，不是因为伤心，而是因为失望，这个世界是没有希望的，掏空了心的躯壳，一具又一具，并排行走，说着同样的谎言。

然而，此时，心却跳得厉害。不经意地扫了一眼阳台上的水仙——花魂，莫非你真是传说中的——

白天，是不轻信的时间。回忆着昨晚的电话，我想，那只是一个梦。唉，多梦的季节早应过去了，你为何又来搅扰？

“你是决意不给我电话了？”

“电话并不重要。”

“什么重要？你的原则？”

“是的。”

“你过于聪明过于凌厉了，你的任性和冷漠让我无所适从。”

“你可以放弃。”

“思，你是戒不掉的毒。”

“吸毒有害健康。”我急中生智地找出这句不含任何感情色彩的广告词。其实真正有害健康的是吸烟，而吸毒，是蚕食生命。曾经，我的生命就是这样被蚕食着，一块看似坚硬却又极度脆弱的玻璃，任他锋利的棱角切割，还曾一度为那坚硬的假象蒙蔽，以为是钻石。

“假如让我在独特的个性和温柔的平庸之间选择，我会选择吸毒。”

“为什么不是温柔的优雅的涵养，这样的女子，比比皆是。”

“涵养？做出来的样子，经风经雨，磨损了她原本的真实，穿上了华丽却虚伪的外衣，相对来说，我更喜欢率真。”

“经风经雨，我也一样。”

“可是你仍旧保持了本质的东西，喜欢你的坚持，喜欢你凄绝而又悲壮的坚持姿态；喜欢你的执着，尽管执着到令人发指的地步；更喜欢你的率真，无论怎样的污浊都不能改变的率真。”

“喜欢率真，有时候是需要付出代价的。”

凌厉源于内心的恐惧，久而久之就成了一种习惯。也许我应该说点别的，可是，我不想自找麻烦。

“他是谁？”

“他是我的想象。”

“你很爱他？”

“不知道，我不知道我是爱他还是爱我自己的想象。”

沉默了一会儿。我竟然试图去想象你的表情。然后，你下了决心似的，很郑重的语气：“用真诚去换取真诚，这并不是交换，我再次强调，这不是交换！”

“明白，13567429063。”一串手机号。

我累了。

电话铃声响了，我急忙抓过电话，我以为是你打来的，却是别人，我的心开始不在这里，轻轻地敷衍着，想，你再也不会打电话来了。

那天晚上你要了我的电话号码，立刻就打过来，这是我不曾料到的，所以有些惊讶，有些无措，“长途话费很贵的，”我说，为了让你挂掉电话。

朋友说一个真正喜欢你的人会在要了电话后当天打过来，一个对你有好感的人会在要了电话后三天打过来，一个只是想再了解你的人会在一个月内打过来，如果三个月还没有电话就说明他对你没有感觉。

当时，我听着她的调侃，只是笑笑，不置一词。如今想来，你的急切竟让我感动了。可是，两个月过去了，你再也没有打电话来。

就这样消失了，像风一样。

你说到医院，说到死亡，我不做任何联想，我只喜欢用“消失”这个词。

连水仙也认错了季节，过早地在秋天开放了。莫非真的是有灵性的？它一定是想给我们做背景，怕一切来不及——可是最终还是来不及。纯白色的水仙花，它只能做我一个人的背景，我忽然懂了，它是那喀索斯的灵魂，也是我们的影子。所以你注定要投水，而我，注定孑然一身。

风从窗子里吹进来，掀浮着帘子，雨丝仿佛无数的银针迅速地穿射，因为风的缘故，它们倾斜了身子，横飞在灯光之下——

冰魄银针，赤练仙子李莫愁所使的暗器，一触毙命。“问世间，情为何物？直教人生死相许。”有仙子之称的李莫愁想必也是风华绝代，却成了一个无情的魔头，怎么就能武断地说她无情呢？用情太深，耗尽了，为了一个懦弱又自私的男人。

在你的心里，我一定是个冷酷无情的人。那天，你发短信过来说：医院里的墙壁真白，像雪，空气又那么安静，太平间似的。我回复：那你就当自己是在太平间里好了。你说：说点好听的吧，就算只是安慰我。我微笑着回复：好，放心好了，到时候我一定送一个大的花圈给你，对了，你喜欢哪些花？

我想你是在开玩笑，抑或者，生死的界限于我早已经模糊。“死并非生的对立面，而作为生的一部分永存。”村上春树说。你看，说得多轻巧，可是偏我就相信了，那个时候。

雨终于穿过窗子，洒到房间里来了。

我只是望着窗外，却不想起身去关窗户，任雨点打落在窗台上，打落在被单上——

回过头，敲击着键盘。

“在我的开始就是我的结束。”这句话是送给我自己的，因为它每每应验，尽管你已经把它改成：“在我的结束就是我的开始。”我知道不会再有开始，因为每一次开始都会意味着结束，所以，我拒绝开始。我忘了告诉你，日志里那个人，那个我深爱的人只是我自己的影子，我自设的一个优美且忧伤的影子，顺手把他放在了一个人身上，而那个人就成了替罪羔羊，成为我欺骗别人的眼睛也欺骗自己内心的借口，或者只是因为懈怠。是的，忧伤是从骨子里带来的，并不是因为绝望，不是因为迷惘，不是因为寂寞，不是因为伤害，它天生就在那里，就已经在那里了。寂寞，伤害，绝望，迷惘，都是它的添加剂。有时候我也在想，为什么寂寞，伤害，绝望，迷惘，都是它的添加剂？而不是别的东西？ 比如友情，比如鲜花？你说我的心就像冬天里最寒冷的雪，拒绝温情， 所以这些东西都不能靠近我，而一旦靠近了，也只有被寒冷淹没融化了，在被我感知之前。我想你并不完全对，因为，我感知了你的温情。

如果你死了，我会伤心的。没来得及告诉你，又是遗憾，这是我的过错，无从弥补！

从那个时候起，我开始写邮件，一封又一封，只是并不寄出。

很多年以后，我又收到了他的邮件，他说：我终于发现，原来那是我们两个人的游戏，其他的人只是配角，你退出了，游戏也玩不下去了。我的世界，像一座空山，很寂寞。

我想象着那些红叶独自绚烂、独自凋零的情景，应该很美。只安静地读着他的邮件，不回复，制造一种石沉大海的错觉。他仍旧频繁地发邮件，我想他猜到我在读。谁也瞒不了谁，我们太知道对方。永不见面，永不回复，他仿佛会意，也认同。

茫茫的日子，像水一样淙淙流逝，我的心开始锈迹斑斑，回忆也迟钝起来。我的生命只剩下了两件事：写不能发出的邮件，给一个从不写诗的诗人；读不必回复的邮件，来自一个在热闹里逃不出寂寞的人。

2007 年

月白

她的体内忽然冲进一股力量，让她更无依无着地沉下去，

在通体沉坠的过程中，没有悬崖森暗的恐惧，有的只是恶毒的快感。

一丝冷笑滑过她尖厉的嘴角："得不到你，我就要你的儿子。"

“以罗伊，以罗伊，拉马撒巴各大尼！”若木坐在后院阳台的躺椅上，伸了双手，仿佛要挽留遗弃她的上帝。十指修长，太阳照在她修得尖尖的指甲上，一闪一闪地泛着光。阔大的遮阳帽半掩着她那露出矫揉的苦痛的脸。瘦削的肩上搭着一截黄绸子坎肩，像蛾子，偶尔忽闪两下，仿佛要飞到院中那晕红一片的花间去，杏花正开得繁盛，却从来没有结过杏子，泠风一吹，落下几瓣堆叠到墙根底下。墙角堆了几根朽木，一撮黑紫色的木耳钻出来，倒没有人瞟见过闲散地走过去采摘下来，只一任它疯狂地滋长……

绿纱嵌底的木门吱地一声拉开了，扶疏走到阳台上来，翻找她的鞋子。红色的舞鞋，黑色的高帮鞋，蓝色的水晶钻鞋，整整齐齐地排在鞋架上，眼巴巴地等着她的招呼。她冷冷地把格子抽屉一推，挡住了这些鞋子，露出一双白色羊皮靴。她把羊皮靴拿出来，正要换，若木尖细的声音嗞嗞地响了。

“你又要出去了？”

“嗯。”扶疏随口应了一声就往外走。

“唉，扶桑今天一大早就出去了——”她轻轻地叹息着，却又像是很随意地说，“她说要和月白去佘山玩儿。”

扶疏的心颤了一下，也不问，又吱地一声拉上门。

“死丫头！”若木骂了一句，用手撑了撑身子，稍稍坐直了一些。先前脸上的痛苦一扫而光，微微下垂的眼皮支起来，一张紧绷的脸。然而，若木是美的，她白皙的皮肤细瓷一般，泛着近似透明的光亮。时常斜睨着那双丹凤眼，看什么只喜欢用眼角的那点余光一扫而过。

忽然，房间里传出扶疏的尖叫，仿佛刀尖划在玻璃上，倏忽而过，又变得寂然。

若木站起来，摇曳得如弱柳扶风，急急地进屋来。扶疏站在台桌边上，一个劲儿地吹着自己的手，熨斗嗞嗞地冒着白烟。“吓，这孩子！”若木弯下腰身，用丝帕垫着把插头拔下来，扭头来看扶疏的手，“蘸白醋，快点儿蘸些白醋去。”她叫了几声王妈，不见动静， 就亲自拉了扶疏摇到厨房里去。

“妈——妈——”扶疏忽然流下眼泪来。依在若木的身上，跌跌撞撞地跟着。若木觉得扶疏靠在自己的身上，有些黏丝丝的不舒服，然而她也没有推开，只一个劲儿地往她的手上擦白醋。手上的烫伤已经不怎么疼了，扶疏依旧前倾着身子，任若木的气息吹到她瘦削的脸上来，吹不掉那两滴眼泪。若木没有像平时那样失去耐心，轻语着："月白这孩子，唉。月白这孩子——"

忽然听到大门响，哐唧唧的，接着便是扶桑的笑声。像麦浪，一潮接一潮。后来笑声低下去了。应该是扶桑把月白拉进自己房里去了，脑袋挨着脑袋，窃窃私语，扶桑一定是拿出她新得的玉白菜来炫耀，月白则端详着那颗雕得精致的白菜啧啧称赞。这情景在厨房里两个女人的眼前浮现。扶疏已从若木的身上挺直站起来，向后仰着，靠在乳白色的壁橱上。似乎眼泪也忘记了流，只怔怔地盯着前方，脸色煞白。若木小心地踮着脚，准备往外走。刚才，在扶桑进院子的一刹那，她们俩不约而同地屏住了呼吸，其实，扶桑所住的西厢房离这里很远。

若木从厨房里出来，沿着长廊向西厢房走，款步姗姗。月白从窗子里看见了她，叫了一声若姨，就走出来了。果然是一个美少年，穿了长衫，更显其风度翩翩了。外面的人都是一身西装，或者吊带裤，白衬衫，而月白却始终穿长衫，逼到若木面前来，把她的时光拉回到二十年前。长眼一弯，他笑了；他一笑，就有了倾城之势。然而若木也即刻醒悟，唯一不同的就是这一笑，她想。若木斜睨着他，说："月白来了？扶疏刚才还说起你呢。"

"啊——"月白怔了一下，然后微笑着问："扶疏也在家吗？"

“她今天本来要出去，说什么要去佘山，你看，这不还把那双白靴拿出来了。”若木向着被扶疏弃在阳台上的白靴努努嘴，仍旧斜眼看回月白，一丝得意的神气轻漾在眼角，仿佛在说：我看你怎么办？

“哦，哦——”月白张着嘴，不知如何作答。

若木又说：“唉——都是她不小心烫着了手。”

月白赶紧说：“烫伤了吗？我去看看。”随手撩起衣衫，向东厢房快步走，少有的不安。

这时候扶疏已经从厨房里出来了。微凹的双眼里有莹莹的光，猫眼石一样。不是眼泪——她已经把眼泪擦拭得干净了。月白要走上前来，她却只向月白点点头，然后往东厢房里走。月白在院子里的石板路上斜穿过来，拉着她的手问伤势如何。脸上的急切清晰可见。

扶疏在心里说：我这都是为了你啊。

月白仿佛听见似的，那张玉色的脸变得更加苍白了。

扶桑看到他们在这边，也跑过来。腿上那双绿皮靴还没换下，一袭粉里透白的长裙衬得她像后院那团杏花。她一笑，娃娃脸上便露出两个酒窝。一手拉了扶疏一手拉了月白，要到她房间里去聊天。扶疏望着这张甜美的脸，心下凄然，推说她要去拿些果子，月白就一个人被扶桑拉走了。

扶疏回到自己的房间，坐在正对着床的软椅上。帘子是落着的，黄色的穗子垂到椅背上来，阳光在深浅不一的帘子上映出一格一格的图案，她呆呆地望着那像水纹一样晃动的图案，眼泪扑簌簌地落来……

月白的出现是很久以前的事了。在她还是个小女孩的时候，对门一直空着的老宅搬来一户人家，听说是落叶归根，老宅荒芜如一座破庙，自从苍老爷子的儿子离家出走，苍老爷子一命归西之后，这条胡同里的人都以为苍家再也没有人了，却没想到有一天，一个女人带着一个男孩儿来到这里。她们开了苍家的大门，锄草、洗刷、种植。惹得邻里偷偷地看，还一边窃窃私语，猜测着这女人、这孩子和苍家的关系。女人有时候会出门来，去镇上买布料、蜡烛、纸张之类的，她提了篮子，匆匆地在人前走过，孩子在后面紧跟着，一路小跑。

“那篮子里是什么？”

“哼，还能是什么，一篮子鸡蛋，去城里卖的。”

“还以为是衣锦还乡，原来出了这么个败家子，苍家真是完了。”

“哈哈——”

若木很少迈出大门，直到有一天，她从开着的大门望出去，忽然看见这女人和孩子，推开了苍家的大门。若木从院子里走出来，直想追上去看个究竟。或者是脚步匆匆发出了声音，那女人真的回了头。她便望见她。一个小巧玲珑的女子，窄窄的脸庞，温驯的眉眼。她冲若木笑了一下。若木的眼神却早已经移到孩子的脸上来，“吓，是他。”那女人想必也知道了她这句惊愕的话的意思——这孩子长得太像他的父亲——没有说话便拉着孩子进去了。

后来，若木一直开着大门，坐在长廊上，望着对面。她想好好地看看她们。

几次三番，便相熟起来。若木邀请她来家里喝茶，吃点心。还让王妈把好看的花样送她。那女人的名字叫慧娘，若木终于打听出来了。

她的两个女儿和她的儿子经常一起玩耍。

慧娘把若木当成知心人，唠唠家常，也说这些年来在外面奔波的苦。有一次若木问，孩子的父亲怎么没跟你们一起回来？慧娘擦了擦眼睛，直望着面前那花花绿绿的鞋样子说：他死了。

若木的脸色忽然变得铁青，仿佛一下子僵化了。片刻，血色逐渐回升。她若无其事地端起眼前的白瓷杯，斜了眼睛，慢悠悠地问："他生前一定对你很好吧？"仿佛忽然蓄积了一股恨意，然而又似花香入侵般温柔地试探着。

"是啊，他是极爱我和儿子的。"慧娘温驯的脸上流露出幸福的神色，一下子落入蜂蜜充塞的巢，在回忆里轻笑了。

若木狠狠地剜了她一眼。

月白十七岁的时候，慧娘就死了。大夫说是食物中毒，她的胃里有鲤鱼的腐肉和未消化的甘草。这两种东西混合在一起就会食物中毒，重则死亡。月白一直哭着，说，我们只吃的鲤鱼，根本没见什么甘草。大夫似听非听地摇着头出去了。

主事的人把慧娘葬在苍家的墓地里。月白一路哭，都不大知道该往哪里走，扶疏就一直拉着他的手，这情景又引来一阵窃窃私语，扶疏才不管。

深夜，苍家院里一片凄清，墙根蔓草丛生，零露瀼瀼。虫声此起彼伏，仿佛一场约定，一会儿是唑唑的尖细，一会儿是吱吱的浑圆，要么是合奏，疏疏落落地在墙根草丛里涌动着。扶疏和月白坐在院子里，静静地望着月亮自东移向西。一只黑色的大鸟噌地穿过，他们都被吓了一跳，不由挨得更紧了。

扶疏偷偷地把王妈做好的饭菜带到院里来，和月白一起吃。

月白抬了眼，一副水汪汪的忧伤便在扶疏的心里流淌了。她轻拍着他的手背，像哄一个婴儿熟睡。月白说:“我们家根本就没有甘草。”

扶疏低下头去，这个问题她给不了他答案。

后来，他终于不再向她要答案。而是，开始，她向他要答案。

薄薄的太阳像一块蒙尘的镜子，在斑驳的云层里愈隐愈显。一条挂着链子的镀金怀表从他的口袋里溜出来，他俯了俯身，把怀表放回去。扶疏望着这块怀表，她认得，是扶桑前两天特意从洋场买回来的，当时她陪着，挑了很久。扶疏站在那里，有些呆。她今天才发现，他已经由翩翩少年长成一个温润儒雅的男子了，眼里的忧伤不见了踪影，代之成熟的沉静。扶疏从这沉静里感到一种距离，她的心渐渐慌乱起来。

那块怀表是怎么回事？在她还没有向月白要到答案的时候，扶桑突然在家里宣布，她要带男友来吃饭了，来的竟然是月白。饭桌上扶疏猝然变了颜色，她昏昏沉沉地站起来，一边说着不舒服一边回房去了。吃过饭，月白走到东厢房，站在门口悄悄地问她怎么了，她说，你不是扶桑的男友吗，干吗管起我的事来了。摔下帘子就要关门。他两手撑着已半关的门，笑着说：扶桑是开玩笑的……

可是，今天，他们却相约去了佘山。

扶疏回想近来的景况，越发觉得自己像被蒙在鼓里的傻子。扶桑的早出晚归，还时时带回一些小玩意来，有时候竟自一个人偷偷地乐，月白的名字在她的嘴里闪闪烁烁，看似故意遮掩却又生怕别人不知道；而月白呢，竟然有七天没有跟自己讲话了，扶疏一天一天地数着，等来的却是他们一起去佘山的消息。佘山是扶疏喜欢的地方，月白许了诺的，要找个天高气爽的日子一起登上那山巅去——他却好像已经把她忘了。

扶疏一向是个面冷心热的人，这一点和若木正相反，再加上后来的日子里，若木看月白的眼神让她极度厌恶，所以两个人一直是不睦的。然而今天当着若木的面掉下眼泪来，可见得心是怎样的绝望。若木也好像反了常，竟然做起母亲来。然而也只是一刹那，听到扶桑和月白回来，她就赶紧溜出来了，像被磁石吸引着，不由自主地摇曳到西厢房那边去了。

这家里的气氛无形中紧张着，又好像什么也没有。太阳仍旧懒懒地照下来，若木依旧眯了眼睛坐在长椅里，而扶桑，还是喜欢跟她抢果子吃。扶疏想，一定是自己出了问题。

她每天恍恍惚惚地行走在院子里，长廊上。她会从大门里望出去，看月白是不是从对面的院子里走出来。然而一次也没有，仿佛月白从门缝里看到了她就退回去似的。

有时候听到窗子里有叽叽咕咕小声说话的声音，她要捕捉什么似的急急地又冷冷地走到窗子下，里面空无一人，什么也没有。她想，一定是自己出了问题，可是，下一次，她仍旧先前一样地急急地、冷冷地走到窗子前去。

有一天，扶疏从东厢房里出来，天阴阴地，要下雨的样子，便没有走下长廊，而是顺着长廊往前走。她忽然听到一个女人尖细的笑声，然后是轻捂嘴的嗫嚅声。“不是吧，不是吧——又出问题了。”她竖着耳朵，仍旧向窗里望。帘子落着，看不见。不过那声音确实是从母亲嘴里发出来的。“你这孩子。”她仍旧笑着，仿佛用手在捶打着什么。

扶疏忽然想起这句话是若木曾说过月白的，她诧异地站在那里，然后又没有动静了。门开了，若木走出来，一抹妍笑还未散去，见了扶疏，这笑便顺着嘴角流下来，凝成两道冰棍儿，然后不见了。她把门扣好，阴阳怪气地说：“近来你怎么天天待在家里，还神出鬼没的，想吓死人啊！”

不做亏心事不怕鬼叫门。扶疏想着，脸色又冷下来。

“死丫头，天天绷着个脸。”若木一边说着一边扭头下了台阶。袅袅婷婷扶风而去。扶疏望着她的背影，狠狠地瞪了她一眼。扶疏哐当一声把门推开了，床上的帐子像白绫一样飞起来，房间里空无一人。她东翻西找，衣柜、床底一一看过去，什么也没有。她站起身来，下意识地倚在廊柱上，捂着胸口气喘吁吁……

秋日里的天空离地面越加的远，一团团的白云停泊着，像王妈晒上去的棉絮被淘气的姐妹扯散了。扶桑走在小路上，摘下路边的一片叶子，然后用指甲划着，划成一条条的。月白说要去城里探望他的父亲，她也要跟去，走到村口月白忽然说忘记带了样东西，又要回去。他让扶桑一个人走，约好在城隍庙门口集合。扶桑在长长的马路上走着，忽然不知道该向哪个方向拐弯，就问正走过来的一个女孩子。那女孩说，城隍庙啊，我也正要去那里呢，你跟着我走就行了。那份热情——让扶桑感到了温暖的力量。她想，月白对她，也是如此吧，脸上就不由得又微笑了，心变得很轻，像要飘起来似的。她走到城隍庙，月白还没有来。就买了两个烤串，极度小心，小心，却也在外衣上掉了一滴油；后来看见草炉饼，又买了两个，她知道月白最喜欢这种草炉饼。

月白匆匆赶来， 远远地， 他看到站在阳光里擎着草炉饼的扶桑——心下恍然。

若木说：其实你跟谁在一起都行。爱情只是一时之间的感觉，你和扶疏在一起的时候，你就以为自己只爱她一个人，其实，你试着跟另外的女子在一起，你会发现，没有什么分别。

若木接着说：可是，你却能够得到你一辈子都挣不到的家产。

他不知道若木为什么撮合他和扶桑在一起，但是若木那份家资确实让他心动了。苍家留下的只有那处空空落落的旧宅子，可是他希望拥有自己的田产，在乡间做一个受人尊敬的人，他希望母亲有一块好的墓地，他的父亲，也可以脱罪……

他不觉得这是出卖了自己的良心，毕竟，对扶疏，他从来没有许诺过什么。而且，他也是这样的喜欢扶桑啊。若木说得一点都没错，你的心可以喜欢扶疏，也可以喜欢扶桑，还有另外任何一个美丽温柔的女子。

扶桑见了他问："你回去拿什么东西了？"

月白一时不知道怎么回答，愣在那里。

扶桑没再问下去。在村口的时候，她也看见了一个身影，像她的姐姐。月白是冲着那身影而去了。她此时确定无疑。然而也不说破，她想，她那神经兮兮的姐姐终究不会是月白所钟情的，陪他去佘山的是她，陪他去看望父亲的也是她。

不知道月白要带她去看望的父亲是在狱中，着实吃了一惊。回来的路上有些尴尬，走了好一段时间两人都没有说话。后来，月白轻声细语地说，他的父亲是被人冤枉的，为了他的母亲，她的母亲的名誉。扶桑望着他沉静的脸，企图知道更多的细节，因为她觉得这一定是个浪漫传奇的故事。月白却没有注意她渴望的天真的眼神，忽然结束了这个故事的讲述。扶桑说："我可以让母亲拿出钱来——"

月白制止了她。他说："现在不可以。"他有他的心思，他有更大的计划。而且，这样的事情总不好声张，若木那刻薄的嘴。

他们回到村子的时候，月亮已经照彻乡间的小路。两边沟渠的水漫溢着，水草在水流中横亘，田里一片蛙鸣，他牵着她的手，走得小心翼翼，而她靠在他身上，内心安宁。

这件事情还是传到若木的耳朵里，若木很是吃了一惊。她还以为他真的死了。她在心里骂着慧娘，再温驯的女子也会说谎。脸上带出一丝冷笑，她对扶桑说，我可以救他的父亲，不过是几百块大洋的事儿，但是，他是住在哪个监狱来着？扶桑急切而又犹豫着把监狱的地址和名字告诉了若木。

越来越近，黑色的小汽车掠过一座座西式建筑物，在红砖白墙间停下，若木都有些激动了。

狱警见了她，都是毕恭毕敬，若木的美，带着一种不可逼视的霸气。

看到头发花白的望舒，若木的身体在颤抖，一半激动一半愤怒。

望舒一看见她也吃了一惊，而后缓慢地坐在对面的凳子上。“你还那么的年轻。”他终于说。若木冷笑着，“如果当初我知道你会变成这个样子，我一定不会爱上你。”

望舒苦笑着说：“是啊，我这糟老头子——你是大家闺秀，又留过洋的——”

“又开始找借口了，明明是你背叛了我，还把责任都推到我的身上。”若木恨不得上去咬他，掐他。但是，事实上，她优雅地坐在那儿，轻笑着流露出冷嘲热讽的眼神。

“我是迫于无奈的，若——你知道，我当初是被迫离家出走的，苍家已经完了——为了祖父，为了苍家，我不得不离开。”

“为了祖父？”若木笑起来，蜿蜒地，仿佛一股阴森的寒气侵入望舒的心胸，羞愧和疼痛——他的离开非但没有让祖父平息怒气，还一气之下离开了人世——他低下头去，双手捂住那张因痛苦而扭曲的脸。

若木毫不理会，继续质问下去：“你娶慧娘也是被迫的吗？”

“我——我不知道还能不能再见到你。”他终于抬起头，仿佛某种记忆在眼前一闪而过，宁静而悠远地说道：“慧娘，她是个很好的女人——”

“很好的女人！”若木眼睛里的熠熠光辉终于黯淡下去了，恶毒地说，“我早就说过，你们跟哪个女人过日子都一样，没有了这个还可以要那个，都是一样的人尽可妻，什么样的货色都可以很好，因为你们生于同一个善于遗忘的家族。”

“若——”

“难道不是吗？你是，你的儿子也是。”

“你说什么？我的儿子，你到底对他做了什么？”

“我以为我可以叫他跟他并不爱的人在一起，就像你折磨我一样折磨他，可是，他却像你一样，人尽可妻！”若木的声音变得尖厉又疯狂。

“你不能这样对他，你不能这样对他们——”望舒长长地叹了一口气，无奈且无力地摇着头。他想到了慧娘的死，一丝可怕的阴影在心间滑过，仿佛被打败的鹏鸟垂下羽翅，他怀着最后一点希望低声问道：“你到底怎样才肯放过他？”

“除非你死。”若木说得干净利落，她的眼光一缕缕直射下来，望舒微低着的头被扎得生疼，他几乎无法支撑自己——慧娘含笑的眼，月白沉静的表情——若木的咄咄逼人，他无可救赎的罪过。

铁栅，墙壁，走廊，若木像浮在时光的光束上轻飘飘地走出来，她的心忽然变成荒凉的坟地，仇恨像一抹一抹蓝色的磷火无缘由地乱窜，阴森又不可推拒地灼痛着她，她几乎是无声地狂喊了：除非你死！除非你死！

若木对扶桑说不要把她探望的事跟月白讲，她会尽快想办法救出他的父亲。扶桑点头答应着，心想，月白不知道要怎样感激自己呢！可是没过两天，她就看到月白那张铁青的脸。他说，他的父亲死了。他盯着扶桑问："看守说有个女人去看过他，然后他就自杀了， 那个女人是谁，你到底有没有替我保守秘密？你到底是不是我可信赖的人？"扶桑被他野兽般狞厉的表情吓呆了，唯唯诺诺地应着："我有，我没有，我没有告诉过任何人。"

月白的头垂下去，过了许久，他突然笑起来，从来没有过的放肆，阴冷，绝望，看上去有些瘆人的可怕，冷不丁地吐出一句，"罪恶是屏障。草必枯干，花必凋残。"扶桑站在一旁，张口结舌地望着他，这是在监狱时他父亲说过的话。月白转身走了，扶桑才回过神来，一路跑着，从这个房间穿到那个房间，拼命地找寻，一看到若木她那带着哭腔的声音就响起来，"是不是因为你？是不是因为你？"

若木一口回绝了她。

扶桑也开始疏远若木。尽管若木并不喜欢这两个女儿，一看着她们对自己的态度也仍旧来气，但也顾不了那么许多，此时她满心里只想着一件事：望舒死了，那个让她孤寂一生的人。她看到年轻的他温柔雅致又孤独忧郁地站在一片荒野上，虽是心力交瘁却仍旧面带笑容，不由心生怜惜，备感凄怆；然而慧娘的影子紧接着出现了，“她竟然做了他的妻子”“他竟然让一个自己之外的女人做了他的妻子”，无论如何都抹不掉的事实叫她怒火中烧……她终于如坐针毡，辗转反侧，一会儿觉得他是可爱的，一会儿又觉得他是可恨的，火烧火燎的心像被油煎着，她向着天空伸出双手，“以罗伊，以罗伊，拉马撒巴各大尼！”若木又躺到那张长椅上去了，在她反复念叨着这句话的时候，忽然有所悟似的：没有什么神或者人来拯救我，自从生下来那天起，就已被遗弃。她的体内忽然冲进一股力量，让她更无依无着地沉下去，在通体沉坠的过程中， 没有悬崖森暗的恐惧，有的只是恶毒的快感。一丝冷笑滑过她尖厉的嘴角：“得不到你，我就要你的儿子。”

若木的房里又传来那种时低时高的娇俏的笑声，像一串串熟过了的葡萄，破裂中流出糜烂的汁液，扶疏小心翼翼地走过去，把脸贴到窗上。自我陶醉的哀吟暗涌一样隐晦曲折地游荡到窗外来，含混的词句里是一个人的名字，像是“月白”，又像不是。扶疏听了很久，知道房里只有若木一个人在自言自语，她站直了身，想：若木疯了。

王妈从厨房里出来，正看见扶疏，说：“少奶奶病了，我要去村外请大夫，厨房里有饭菜热着，你们姐妹饿了就去吃。”

扶疏思忖着，自顾自地说：“扶桑不回来吃饭了——”她低着头往回走了几步，又忽然回转身来，问，“是什么病？”

“就是身子有点虚，没力气——姑娘别担心。”

“哦——”扶疏若有所思地仰了头，不容回避地问，“她跟苍家曾经有过什么关系？”

王妈吓了一跳，微微低下头，噤若寒蝉。

扶疏攒着眉，头歪在一边，继续问下去，“那天晚上你把月白的母亲叫到我们家来，给她吃了什么中药——”

“你这是什么话？”王妈忽地抬起头，满脸的气愤和委屈，“我辛苦熬的补药汤，是给少奶奶的，至于少奶奶要向什么女人示好分享给哪个我就管不着了。”

“王妈，你别生气，我知道你有你的苦衷。你也在我们家这么多年了——”她仰起头，环顾着四周，喃喃地说着，“你看看现在这个样子，还像个家吗？”

“姑娘，你别管那么多。你要自个儿好好的——”说着，王妈抽身就走。

扶疏回自己房里。雕花的格子窗里射进几束光，笔直的光线里，飞着数不清的尘埃，她在房间里踱着。忽然看到衣柜上的琵琶，走上前去，小心地取下来。若木病着，后院里无人，扶疏坐在后院阳台上若木的躺椅里。调了调已经生涩的琴弦，琵琶声渐近渐急，仿佛古典小说里摄人心魄的魔音，震得杏花满院飞。

一曲终了，地上落英缤纷。扶桑拍手从身后走出来，嚷着，“大弦嘈嘈如急雨，小弦切切如私语。嘈嘈切切错杂弹，大珠小珠落玉盘。”

“别有幽愁暗恨生，此时无声胜有声。”月白随后也跟出来，噙着笑，望向她。

扶疏掠过他的目光，朗声笑道：“真是一对金童玉女，一个说了上句，一个就接下句——”月白的脸忽然变成黑红色，又逐渐恢复了苍白，他缓步走近来，接过她手中的琵琶。扶桑一脸娇憨地对着扶疏，尖声叫着：“姐姐就知道打趣我们！”扶疏伸出食指点了点扶桑脸上的酒窝，转身对月白说：“你什么时候娶了我妹妹？”

月白一怔，没有答上来，扶疏从台阶上走下来，踏着落花转了半个圈，微笑着轻声说：“妈妈病了，家里的气氛一直这么压抑，如果有件喜庆的事情让她高兴的话——”说着便站停在那里，看看扶桑，又看看月白，最后还是把目光定格在他们之间的空隙里，声调却是先前的温软，“或许老人家冲喜的说法是有道理的，不如你们这几天就准备一下吧。”

她从来没有做过什么让她高兴的事儿，扶桑和月白都觉得奇怪，但是扶桑却欣然接受，紧挨着姐姐，指望着她为自己做主。月白呢喃着没说出一句话来，扶疏在心里冷笑，眼睛一挑，仍旧温言软语地说：“还犹豫什么，难道你对我妹妹不是真心？”

月白笑着摇了摇头，半开玩笑半认真地说：“我对扶桑妹妹的心日月可鉴，谢谢扶疏姐姐成全。”

扶疏的心仿佛被短刀刺了一下，她从他那张不露声色的脸上看到一丝近乎冷酷的狰狞。她在心里说，“好吧。”

大夫来过了，王妈煎了几副药给若木喝下，她的精神好了一些，又可以躺到后院的长椅上去了，只是脸色比以前更加苍白，恹恹无力地靠在椅上。她看见扶桑和月白走进厅堂，向着阳台这边踅过来，她眯起了眼。扶疏也轻笑着踱过来，有意无意地说：“你看月白和扶桑站在一起真是一对璧人儿，月白，你是不是在准备迎娶我妹妹？”若木瓷器白的脸一下子变成了铁青色，扶桑赶紧说：“是姐姐——”若木努力地挤出一点笑意，落在那张僵硬的脸上，她觉得自己再次受了愚弄，在心里恨恨地骂道：“死丫头，翅膀硬了，竟然瞒着我——”

她看了看她的两个女儿，一个慧黠得可厌，一个天真得可耻。还有月白，这个小冤家——都这样事在必行地望着她，似乎她一表示反对就证明了她居心叵测一样，若木无声地笑了，像平常一样吩咐王妈，“这两天你去集市上置办一些办喜事用的物品，红纸了，蜡烛了，可以雇佣村里的车。”她又回过头，似笑非笑的目光从扶桑脸上转到月白脸上，温和的语气里掩盖不掉的颐指气使，“苍家太冷清， 你们两个结了婚后也可以住过来……结婚前可不能老见面了——扶桑，你回房去，我跟月白有几句话说。”

扶桑娇羞地一笑，乐滋滋地回房去了，月白仍旧留在阳台上，垂手而立，仿佛等着聆讯，他知道她该开口了。

月亮从西厢房战战兢兢地望下来，刚刚揭去了面纱。院子里很安静，连虫鸣也没有了，中央一片光亮，是水面反射出来的。扶疏轻轻地迈下台阶，向着那亮光走去，想要看个究竟似的。忽然正房的门开了，一个花瓶从房间里扔出来，差点砸在她的身上。扶疏惊了一下，回过头，月白踉踉跄跄地走出来，衣衫不整，头发凌乱。

“月白——”扶疏定定地站在那里。

“她是魔鬼，那个女人，根本是个魔鬼。”

扶疏走过来，拉起月白飞快地往东厢房里去。她把门关好，让月白躺在自己的床上。“没事了，很快就没事了。”她纤细的手抚过他的胸口，温柔、清凉、安静。

月白闭上眼睛，仿佛睡去了。

扶疏又走出来，带上门。月亮已经偏移了西厢房，直照着那间房子的屋顶。她轻快地走过去，幽灵一样站在门口。吱地一声，房门被风吹回来，半关上了。她轻推了一下，屋子里没有掌灯，黑暗里只有呲呲的喘息声。月光笼罩着白色的帐子，忽然有个声音从那里传出来，极其低弱的，“救我——扶疏——救我——”扶疏走过去，一只瘦骨嶙峋的手突然抓住她，黏滞的液体从若木的手上流到扶疏细嫩的胳膊上。一副腐朽的骨架弯曲地排在床上，让人毛骨悚然，若木艰难地仰着头，一开一阖，被子已经掉到地上来，帐子也被扯落了半边。

“他拿走了我所有的家产——他——这个虚有其表的坏东西，拿走了我所有的家产——”若木挣扎着伸出手指，指向大门，用尽了最后一丝力气，她的手嗵地落下来。扶疏以为她死了，刚站起来，却又有声音传来：“月白是我的，他已经是我的——”然后又是呲咝的喘息声。

扶疏从地上捡起一个缎面枕头，猛地压下去。几乎没有一点声响，没有几下挣扎，那极低弱的咝咝的喘息声再也听不见了。

一声鸡啼，月亮变成薄薄的一片。扶疏走出那房子，院子里有蒙蒙的雾气。中央那片亮光原来是一口井，她仿佛刚刚记起了似的叹了一口气。月白已经醒了。他从床上坐起来，呼唤着扶疏的名字，跑出了东厢房。

“一切都过去了。”扶疏站在月光下，像一洼井水，沉静又冰冷地说。

月白扶在门框上，半弯着身子，似乎气力不足。他不解地望着她，然后又顺着她的目光去望那口井……

若木的身体很轻，不费吹灰之力，她便顺着井壁滑下去，扑落落地，带翻了一捆甘草。井口被永远封住了。

月白和扶疏一起回到东厢房里。

过了很久，月白才开口说：“她好像比较喜欢扶桑。”

“我以前也这么想。”扶疏的牛角梳在月白的头上慢条斯理地滑过。

“可是我更喜欢你。”月白说。

扶疏的手颤了一下，停在他的头上，说：“那些都是你和扶桑的。”

“我并不是很在乎——”

“月白，我知道什么对你更重要。”她的眼睛像两片猫眼石，一层光遮着一层光，深浅之间闪着莫测的锋芒。他的心缩了缩，嗫嚅着没说出半个字。

扶疏像一条被打中七寸的蛇一样缠绕着倒下来。倒在月白的怀里。扶桑手里拿着一支金色的手枪。他望着扶桑那张愤恨的脸，不知所措。枪口慢慢移动，移向他。

月白垂下头，抚摸着奄奄一息的扶疏，一滴眼泪掉下来。

“她是一个单纯的孩子，你要好好待她——”扶疏躺在月白的膝上，猫眼石般的眼睛灰下去了。

月白轻轻地点了点头。

很多年以后，一个看上去儒雅尊贵的老人从修葺堂皇的苍家大院里走出来，他的孙子孙女围着他玩老鹰捉小鸡的游戏，忽然最小的一个孩子指着对面黑漆剥落的大门问：“这家里住的是什么人，怎么从没见出来过？”苍月白抬眼望过去，仿佛望进一个遥远的过去，院墙上已经长满枯草，门前两尊石狮子委顿无神，也仿佛已经老死多时……他侧过头来，缓慢而无力地说：“那里已经没有人了。”头缠蓝色丝带的扶桑一边把青绿的橘子堆在簸箩里，一边从院子喊出来： 月白，月白——又跟他们闹去了？

2011 年

故 事 的 终 结 之 处

他是一团乱麻，她是一个剪刀手，
她想把生活掐头去尾解几何题一样理出一个头绪，
却只能剪出一把一把的碎片……

一

每天晚上都要走这条越走越长的路，这条路越走越长，夜风像粗而沉重的缰绳一遍遍抽打在身上，白色的羊毛围巾冗繁地堆在颈间，手触着手套就像触着冰。阴暗，凄惶。忽然有一种莫名的悔意，在赤裸裸的心上无可奈何地延伸。弗洛伊德是错的，他说写作是欲望的满足；在我，写作是一个自残的过程。一大片一大片的回忆，把我拉离此一刻的生活，放逐到阴暗、缠绕，野兽随时出没的情绪森林里去。

他是一团乱麻，她是一个剪刀手，她想把生活掐头去尾解几何题一样理出一个头绪，却只能剪出一把一把的碎片……在讲述之前，我

要告诉你她的名字，她叫思睿，我要讲的是一个名字叫思睿的女子的故事。

思睿是个诗人，所以当那个人的脸凑上来的时候，她就冷不丁地想到了庞德的这句诗：“人群中这些面孔幽灵般显现；湿漉漉的黑色枝条上朵朵花瓣。”她看着那张脸，说：“我觉得我根本不认识你。”他笑了一下，没有答话，只把脸贴上来。揉着、搓着，竭力寻求一种沉醉，但是她仍旧在心里想着，这张脸，我简直不认识的。被粗糙的胡茬扎了一下，她睁开眼睛，又看了他一眼：五官似乎有些变形，朝着中间挤作一团，像《西游记》里那个黄狮精。她不由吓了一跳，下意识地去拉头上的被单。

“你这么羞涩的，不会是第一次吧？”他随口问着，并不要她回答的样子，疲惫地在她身侧躺下来。

在宇清的心目中，她就是出尘脱俗、纤尘不染的小龙女，他管她叫神仙姐姐，他大概对小龙女和王语嫣有点拎不清，“咦，你就像从古墓里出来的。”他喜欢她的不谙世事，然而，也几次三番，几次三番地暗示，“来看看关在岛上的我吧。”“是啊，没有身体接触。” 她不予理会。她让他永远不能确定自己是否赢了，他总是要赢的，他说：“你是我最好的对手。”那几年也是干戈满地、硝烟四起，到最后两败俱伤。她毅然决然地离开，他笑着说，这是你的自由，也欢迎随时回来。

很多年以后，她在一场噩梦中醒来。给他发了一封邮件。来来回回，他嫌邮件太麻烦了，要求重新加上 MSN。似乎掩饰不住的狂喜，她却仍旧神经质般地抛出太多与他无关的问题，述说她遇到的另一个人。宇清故意说："35 岁的男人会把 X 生活当成一件严肃的事。我很奇怪这些年你是如何拒绝这种美妙的？"

"我无须拒绝，如果是我喜欢的人。"她说。

"哦——"他似乎很失望，停了一下说，"世界的脚步如此之快，连你都与时俱进了。"

"这'进'是好呢还是不好？"她问。

"进，看着是好——"

她知道他已经开始嫉妒，嫉妒会让人失去理智，他要输了。然而，却要见面，她不知道他出于什么目的，也许——到时候他一定会嘲笑着说：你那根朽木呢？

宇清称他为朽木。朽木还在努力着。

他的笨拙让她无感，还是天性里对他没有感觉，也来不及分辨。只是觉得新奇，她忽然想笑，这简直是小孩儿过家家，还蛮有意思的。但是没有笑，醉眼迷蒙中，想感受一下气氛，她一向喜欢戏剧化，然而，他逼真得现实。"跟电影中完全不一样。"她想，不过如此，不过如此，男女之间。

丑陋，她不愿意看到彼此裸露的身体，尤其是隐秘的部分，完全可以做到视而不见，她觉得那形状过于丑陋。

还是不行，他再次躺在她的身边。

“你让我有存在感，还驱除了内心的寂寞。”他说。

她忽然觉得上当，瞬间的眩晕。然而冷静如初，睁着眼睛，定定地望着天花板。光线黯淡，昏黄。她觉得之前种种都是为了这一个目的，层层都是圈套，在他紧密罗织的过程中，她渐渐落入陷阱。她在心里问着：你从什么时候开始对我产生欲念？从不经意地提起罗丹在画室里与模特做爱起，从乐呵呵地讲述同事们玩洞房花烛夜的游戏始，还是从第一次见面冷不丁地抓住我的手？

“从那个时候起，你就开始步步为营？”她忽然说。

“什么？”他摸不着头脑，一脸无辜地说：“我想要爱情。”

他的电话响了。

“你在房间里接嘛。”她说。

“你别出声就行。”他说。

他仍旧不放心，拿着手机走到客厅里去了，她望着天花板，想笑。我在我的家里，得跟做贼似的，还不能出声？！她听着他说谎。

过了一会儿，他回到卧室里来，解释似的说：莎乐美和尼采，莎乐美和弗洛伊德，莎乐美和里尔克，都存在着超过友谊的关系，但莎乐美都没有嫁给他们；爱情的本质是精神层次的交流，而且必须是对等的精神层次的交流，莎乐美至少是接近了那一点。

“我以前也是这么想的。”她说，“但怎么我觉得从你的嘴里说出这些话来显得那么猥琐？还以为自己是萨特，人家萨特是没结婚的好吧，萨特与波伏娃之间的爱情是对等的。你却一边享受着自己妻女的天伦之乐，一边让别的女子日夜等待着你的垂怜。”她坐起来，伸腿在床边找拖鞋。她觉得他有些得意忘形了，他竟然说到“情人”，“情人”这个美好的词汇在中国已经变得相当恶心，她觉得恶心，就去了洗手间。“我向来不惮以最坏的恶意揣测中国人，每个人手中都握有一把匕首，有形的、无形的，有意无意地刺戳着别人，利己主义是最初的人性。如果你要求她是波伏娃和莎乐美，应该先看看你自己是不是尼采或者萨特。”她只是想用这些辩论来填满她的虚空。然而，每一句话她都能找出一个矛盾来，她与整个世界发生抵牾，甚至觉得错的是自己，所以，当她回到卧室，她什么也没说。只是想起很多年前另一个男人拿着花花绿绿的写满绯闻的娱乐杂志跟她说：人生如戏，何不及时行乐……而朽木（她开始叫他朽木），只是多了一层文化包装而已。

她不让他开灯，她怕看到他那张脸。

“你是一个自我意识太强的女子。自我意识的本质就是一种冲突，我们时时刻刻都被各类现实的冲突包围着，所以才会不断地渴求自我解脱，自我遗忘，自我消失，体会迷醉的滋味。但是你不能，你时刻清醒，时刻冷静。”他斟酌着说。

“什么都没有，一点都没有。”她说，“人与人之间，从未了解。”

他不同意她的说法。

她却清醒地觉得自己从未认识过他。他并不关心她的灵魂。她想到宇清每天都去看她的日志，对于她的心情不放过一丝一毫。以后她将会明白，宇清哪里是关心她的日志，她的心情？那只是占有欲的极致，他在她的日志里寻找他自己，吞噬一般地不放过蛛丝马迹，他自己的分量，到底能在她的心情里占有多少。他太自恋了，就像她笔下的那喀索丝，自恋到病态的程度。

朽木陪她坐在电脑前。他竟然用了“出轨”这个词，她想，刚刚还在谈尼采、萨特，现在倒把自己放入轨道之内了，他也不过是个世俗的男子，所有幻化瞬间回到现实，成了一场赤裸裸的偷情。“你是不是经常这样？”她淡淡地问。“我这是第一次在外面过夜，倒是她，常常夜不归宿。”这句很微妙的话在他嘴里吐出来，并没有带上通常应该有的怨气，她很诧异，却不露声色，“这个男人倒是真能忍。”

宇清总是不敲门就踅进她的办公室，他把一沓手稿放在她面前，她瞧了一眼，手稿上竟附了一张照片，一个看起来二十一二岁的女孩子，散发着青春的朝气。不等他开口，她就明白，他想要让她捧红这个女孩子，她把稿子推到一边，他又推回来，“看看嘛。”她只好看了几眼，不由皱起了眉头，“你懂得什么叫诗吗？不是几个句子一断行就叫诗了。”

“什么意思？”

“粗糙、别扭，甚至没有一个系统的结构，没有一个统一的意象。”

“你这是妒嫉。妒嫉人家的年轻漂亮青春可爱。”

她不屑地笑了笑，低下头去整理自己的稿子，一边说："这个世界上能让我妒忌的人还没出生呢。"

他想，她太骄傲了。简直是气焰嚣张，"那你到底给不给出？"

"即使是顾城和海子，也还得看市场，这样的诗只适合你们两个私下里相互吹嘘自我欣赏去，你不也这个水平嘛。"

"你是只对我这么刻薄还是对所有的人？"

"我一向对事不对人。"

"呵，听起来很理智啊。……我们所拥有的只有当下，何不及时行乐呢？"

"你要行乐，我不做帮凶。"

"你这是什么意思，你以为我在骗她们吗？我们这是心甘情愿，各取所需。"

她没有搭理他。

他百无聊赖地在她的办公室转了一圈，又走到桌前说："一起走吧，你也该下班了吧。"

这条路越走越长。虽然宽阔却阴暗得像盖着穹庐，我疑惑没有路灯，仰了头望去，凄惨的灯光，如深夜的蜡烛，盈盈的光辉，照不亮这片昏暗的天空。蛋清似的月亮，蜡烛般的灯光——是蜡烛吗？蜡烛还是温暖的，可是这路灯却是凄惶惶的。

"看起来有很多路摆在你面前，其实每一条都行不通。"她说。

"你说话就像写诗，"宇清说，"多有智慧，就多有愁烦；

加增知识的，就加增忧伤。”

她轻笑了一下，望向远方。我们的路途看起来总是这么苍茫。连哭泣都来不及，我以为你至少有一点真诚，你没有。我也没有。走完这一程，各自回家。

宇清总是问着，“你为什么不相信我？为什么就不相信我呢？”

“不是我不相信你，是你不让我相信。”

他们同时想到那个女孩，一起笑了。

“真正的爱是无私的，是我爱你与你无关。你太斤斤计较了。”

她觉得他说出这句话很无耻，她知道他想要的是什么，但是没有反驳，只是事不关己地表达自我，“我喜欢一个人的首要条件是他也喜欢我。一个不喜欢我的人肯定是一个不懂得欣赏我的人，不懂得我就不曾有过真正的互动，没有互动那不是面对一件家什一个物件么？”

“我是懂得你的，你曾经说过的。你说——”他似乎有些不甘心，“难道你不懂得我么？”

“世界这么麻烦，你也这么麻烦，我只好假装不懂你；后来——就真的不懂了。”

一次次的失败，他说我再躺躺。然后再起来，又失败。他抓着她的手，放在上面。她只觉得软软的像一个薄膜兜了一泡水，想起前几天耳朵感染了，鼓起的那个脓包，用手一碰就是这么软。

最后终于放弃了。

她去洗澡，他拿起手机。

他斜倚在床上，一边发短信一边说："我不想骗她""我不想伤害她"，她站在一旁冷冷地看着。还说厌倦，还说痛苦，全都是骗人的。但是她仍旧装出一副小鸟依人的样子，恹恹地躺到他身边去。

"我得回去。"他猛地坐起来。

"不许回去。"她恨恨地说。

他又躺在床上，似乎在内心里进行着无可奈何的争斗。望着他这副模样，她心里发笑，却仍旧以应该对待"大事"的态度一样对待这件事，她只是觉得这应该是大事，她不确定，因为无感，她的心像在梦幻中一样麻木，这闪着一点荧光的房子里，这静寂如鬼魅出没的舞台布景中，渐渐地失真。她说："发生了这么大的事，你就把我一个人丢在这里——"

他仍旧在叹息。她总是被气氛感染，她在情绪里沉沦。烦乱的心情让她越加空虚。空虚在无限放大，她觉得自己飘起来了，她需要重力，他就是那股能够把她扯到地面上来的重力，然而——

她接着说："你回去我就跟你绝交。"

"我不允许绝交。"他脱口而出。

"你要走就走，但是我随时欢迎你回来。"宇清说。一脸嬉笑，她一向讨厌这种笑的方式，却也跟着笑，"好啊，谢谢你给我一次主动跟你绝交的机会。"然而两分钟之后她就又跑回来，说："我还有一个问题——"在她身上，这副无赖相倒与清高绝俗不相抵触。宇清就是欣赏这一点，甚至陶醉在她绝俗的无赖里，说："你什么时候也学会撒娇啦？”

“不行，我必须得走。她要叫车来接我——”，他再次翻身下床，一边寻找袜子。

她坐在床沿上，低着头说：“走吧，走吧。”

他回过身来，望着她的脸，苦笑着说：“你这样子好像是说‘滚蛋’。”

“是你自己要走的嘛。”她做出委屈的样子，她总是在做样子，在揣摩如此情境下应该做出的样子，因为失去意识的大脑只能听凭经验机械的指挥。情感的闸门在习惯中紧闭，在那场长长的战争中，那道门已经被封死了。宇清说：你是我最好的对手。

也许她并不真的想让他留下来，那张脸看起来很陌生，叫她害怕。她不习惯在睡觉的时候有一个人躺在自己的身边。然而，他真的走了，她像往常一样去关了客厅的灯，走回来，坐在床上，经验又在耳边告诫，她至少应该哭一下。她就哭了。她的自尊像一片破布在眼泪中揉搓起皱。

很快便安静下来。

她盖在厚厚的棉被里，像游在温热的水中，做着一个温热潮湿的梦。

她梦见高高的、直立的、白色的围墙，螺旋似的一圈圈围起来，像个迷宫。她一个人在迷宫里茫然绕行，忽然几个穿白色长褂的人拦劫了她，说是要打针，似乎是一个规定。她站在被她们带进的一所房子里，等着，看着，她的眼睛里——长长的针管在喷着药水之类的东西，她吞咽着唾液，说，先到外面透透气。她走回院子里，想逃跑，但是那一圈圈围墙，叫她迷惘、困惑。这时候，那个人出现了，脸上带着微微的笑意，他拉着她，东拐西转，连走带小跑地逃出去了。他们走在乡间小路上，仿佛陷入一个橙色的世界，成熟的层次不一的金色的庄稼或生长着或平铺着伸向天边，与傍晚的霞光相接，光调柔和，让人沉醉，她靠在他的肩上，像饮了苦艾酒，温软、丝滑，一滴滴滴到她的心上，轻轻撞击着——她微微闭合的双眼，在与他轻触的感觉中升起了音乐。

不只一次，梦里的道具不停地更换，那气息却是一样，那个人也是同一个，她清晰地记得那种感觉，却始终没有看清那个人的脸。一片昏黄的光，温暖、湿润、贴心、舒服，卸下所有的枷锁和负重，徐徐下沉，又不是可惧的深不见底，他的肩膀托住了她。她把所有的重量转嫁到他的身上，有着有落的踏实。

随着思睿的睡去，我也倍感疲倦，你是否觉得这是一个老套的故事？我很少把节奏拖得这么慢，正像一个朋友所说：你小说里的每一段爱情都像一场战争。我也想写一些温暖的东西，可是这个世界这么冷。在这所空荡荡的大房子里，我是无法像她那样安静地睡去的。每天都在熬夜。从窗子里望出去，黑黢黢的建筑森然林立，像庞贝城一夜之间化为废墟。这个世界孤单得仿佛就剩下了我一个人。我站起来，

想去冲一杯咖啡，却忽然听到一直空着的楼上传来挪动家具的声音，天花板的上方有几个女人在讲话，飒利的声调像多年前村子里的邻家姑姑们，有婴儿的哭声和小孩子的笑闹声。好久好久没有听到人的声音了。我仔细地听上去，霎时，心被一种东西充满。我想这就是思睿梦中的踏实吧。

思睿是一个诗人，她的口味很挑剔，对文字的要求总是那么高，我看她的诗也写得很一般嘛——关于这个梦她写了一首诗，题名为《逃亡》，可见她是多么恋恋于这个梦：

多年来，
我做着一个独行的梦， 两边林莽如墙，
面前长路似练，
当空是躲闪的月亮；

而昨晚，
我的梦是温暖的橙色，
温软、丝滑——饮了苦艾酒。
倦懒的双眼，微微闭合——
在你轻触的音乐里吟哦。
我靠在你身侧，

仿佛还在经历那场逃亡，

那场逃亡：

白色的，酷似天使的魔鬼，

手里举着巨硕针管。

被你拉得踉踉跄跄，

在迷宫般的城堡里绕，

黄昏的影子照出我们凯旋的笑。

前方一个掌灯的地方，

你停下来，我还要继续走。

诗里的这个人是谁？我要想想这场风波该怎样收场。

《海角七号》像从地底下钻出来的音乐，逐渐现形，回环往复，这是宇清最喜欢的一首歌，被她设为铃声。这铃声大白天一遍遍响起也像鬼魅一样突然地揪心，她对突发的声音过于敏感，虽然知道是朽木打来的，还是被吓了一跳。她不接，也不挂断，任音乐流水般铺张。仿佛电话的这一边没有人，无法投递的空茫隔了一世又一世，他却不死心，又一封封地发邮件，没有人回。

他说："你就在 QQ 上回我一句么，好么。"又不是问号，自以为是的家伙。她想。

“或者你没看到。”他又说。

你慢慢猜好了，看到与没看到对她已是没所谓的事情，此时的思睿刚下飞机，挽着宇清的胳膊。宇清的脸，那张嬉皮笑脸，她真是永志不忘。“你还是那么沉重，”他收回自己一头热的脸，心平气和地说，“我早就说过，其实一切都是毫无意义的。”

“那你为什么不奉行你及时行乐的准则，邀我来干吗？或者，我也是你及时行乐的对象？”

“你为什么总是把‘不是’的事情说得特别‘是’？”再次把她问得哑口无言，他觉得力量又回到自己身上，继续说：“同样的游戏重复多了总会厌倦，你离开的这段时间里，其实我大多处于厌倦中——”

她想他没有说谎，一个虚无主义者，他没有能力自救。她走进他那所大房子里，布置豪华，却缺了点人情味，浅青色的墙壁，白得泛蓝的地板，没有贴图没有玩具没有纱罩，家具都切割得方方正正，突兀地、冷冰冰地百无聊赖地存在着。她想他就像这些家具，只是存在着，存在着，存在着。他看不到“窄门”。

“你仍旧一个人住？”思睿问。

“你是知道我的习惯的，我从来不把她们带到家里来。”宇清说。

“那你为什么把我带到家里来？”

“别说这样的话好吧，你知道我们是不一样的。”

"有什么不一样呢？"她被自己这句话吓了一跳，眼前飘过乔其乔和葛薇龙述说那些被卖的女孩子的情景，这种充满幽怨的口气像气味氤氲出去，收也收不回来。

他笑了，用手背托着她的脸，"我发现你真是老了，女人一老就会生出怨气。"

他还是这么自负且霸道，口无遮拦，她觉得很累，每次都要打起十二分精神面对这个人。她想爱情不是这样的，它应该轻松、舒服，还是那句话，她想要的是朋友而不是对手。然而语言是惯性的，反击成了习惯。

"你很好吗？男人老了就是这么刻薄。"

他大笑起来，一边去帮她冲咖啡，一边说："一会儿我们出去吃饭，你想吃什么？"

"吃点小吃就行了，再陪我走走南京路吧。"

"你还很怀旧，是怀念南京路还是怀念我啊？" 她嘲讽地扬了扬头，尖声笑了。

步行街上的欧式建筑仿佛涂上了一层薄薄的金色，或明或暗，灰白色的尖塔耸立，直刺向天空，商场条幅大红大紫，突兀而显眼。宇清揽住她的腰，在微雨刚过的石板路上闲庭信步，煞是从容。

他说："你那根朽木不会是真的吧？"

"为什么不会是真的？"她反问道。

"我一直以为你在跟我讲故事。"

“我的确很会讲故事，但每个故事都有原型的。”

“呃——”他忽然低下头去不说话了，仿佛在思考。

“你为什么不说话了？”

“连你都与时俱进了，进得都让我不认识了。”

“呵，只许州官放火就不许百姓点灯？！”

望着她的轻佻，他不由得冷笑。

她躺在床上，睡不着。拿出手机看时间，已是凌晨一点。忽然听到他的门响了一声，接着便是拖鞋嗒嗒的声响，一直向着这边走过来，她的心倏地提起来，然而，后来便是饮水机水流到杯子的声音， 他回房去了。随着内心渐渐舒展，她想，也好，这次是我赢。

早晨，宇清送她到机场。雾蒙蒙的广场上人影像突然出现似的，一脚从一个世界迈进另一个世界来，宇清仰面望了望被遮蔽的天空，说：“我们再也不会见面了。”

思睿笑笑，说：“是啊，我还要回去让你所谓的那根朽木回心转意呢。”

再听到“朽木”这个名字他的脸都变了形，仿佛牙疼。有些“存在”在他那里还是不“合理”的，他对此也没有办法。

思睿一回到北京就下意识地开了电脑。还是那几封未读邮件在提醒着，她不打开也知道是朽木发来的。不妨看看他说些什么，她知道他无论说什么都已经结束了。

做了整整一夜的梦，心里难受得难以安宁。不论我对你说什么，似乎都是错的。我只愿你好好的，可是你会好吗。我真觉得这样说是自欺欺人。

他的问句总是用句号，他自己给自己下结论，她微笑着自语道：真是太自以为是了。

昨晚打车回来，路上灯光一条一条的，像水一样。我不知你该怎样过这个晚上，你说的话清晰的，令人心里捶打的一般。这一切真像一个梦啊。你是故意不理我呢，还是没看到我发的消息。如果你是故意，我自知我该受这样的惩罚。

呵呵，故意？真是自我感觉良好。她不屑地想。

外面的风一阵又一阵子，摔打着门和窗子，我不知道你是坐着，还是哭泣。我的内心从未像这样不安。你说你像从来不认识我一样，可我却感觉我们像认识很多年一样。你内心的一切与一切，骄傲与不甘，执着与决绝……我感觉你内心受了那么多委屈，想要寻找一个答案。我知道我在某些方面不够决绝，但我想给你一些温暖的东西，尽管这个说辞这么苍白。整整一天一夜，我像被什么缠绕住一样，内心是满满的不安。

看到“你是坐着，还是哭泣”，她哈哈大笑，难道思睿还是当年的林妹妹，要垂泪到天明？“可我却感觉我们像认识很多年一样”，看到这一句时她的脑中忽然飘过芝草和珠儿的故事，咦，那可怜巴巴的芝草。然而，这念头一闪而过了，她才不相信他是芝草。

你向着我，我向着他，这不停地追逐的佛教故事当年还大大地感动了她。现在可不会感动她了，谎言，都是谎言，我们不过是互相利用。朽木经常说讨厌“利用”这个词，她觉得他虚伪，不像自己这样直接、坦白，宇清就喜欢她这一点，再狠再毒，说的都是真心话，她想：我们才是一类人。宇清说：受了委屈的孩子总是有糖果吃。可是这些糖果，她不吃。

朽木说：你能够驱散我的寂寞。她想：我为什么要白白地去驱散你的寂寞？这个世界是讲求等价交换的，我从来不会把有限的生命浪费到回报率不高的事情上去。

她关上电脑，关灯，上床睡了。那天晚上他慑于妻子的威力打车回去，思睿又拿起爱默生的书来读，她知道他是怎样的人，他会为射手小女生而兴奋，会为一个早先的情人而“真是太高兴了”，会为另一个红颜的结婚而痛诉前陈，他的感情太廉价，他对每个女子都说着同样的话。

她什么都知道，却从不说出来。记得去年有一个中午，她在网上发信息给他，他不回，她孩子气地问：“我又怎么得罪你了？”那个时候她虽不喜欢他但还信赖他，他回了一个笑脸，说：“我在扒拉饭呢。”她随后就看见他的博客里发上一首诗来，是什么让他诗兴大发？想起上午他跟她说“你偶然碰上一个人，读了很多书，能聊得来真是惬意。”他还把那个人的一句话发过来给她看，“我说话特别直，你可不要怪我啊。”一看就是女孩子的口气，他却特意把“她” 用成“他”，她感觉到了他的兴奋，他的诗兴来自哪里不言而喻了。何苦费这般苦心？朋友之间是没有承诺的，在你无需对我隐瞒的时候你仍旧对我隐瞒，说谎已经成了你的习惯——从那一天开始，她再也不相信他。每一次见面，似乎都要重新开始，无法累积，她不能认识他，他一再变得陌生。每次在一起的时候，她又觉得自己是最重要的，那天晚上，在黑暗里，他说：如果我离婚，你也不会嫁给我吧。她说：如果我会呢？

“那也不好啊，我再喜欢上别人，你会更痛苦。”在那样的时刻，他仍旧想着自己以后会喜欢上别人，而宇清，当她出现的时候，再也没有别人，他们两个形成一个封闭的世界，他只有她，她只有他，任谁也无法冲进去，任谁也不能把他们之中一个扯出来。她望着朽木，想，这样一个泛爱的男子，永远不会和任何人形成那种封闭世界的吧，她懂得他，却仍旧懊恼，在他轻薄的句子里冷笑，他奇怪地看着她冷笑，说：“你很多面，也很单纯。”他不能理解，在一起时也是很温存，离开后又冷落得从未认识一样，他想不通，半夜里发短信给她，“你最近跟我说话越来越少了，今夜我又要失眠了……”

朽木在 QQ 上说：

不接我电话，不回我消息，你是要急死我么？再不回复，我就上门来了。

思睿冷静地回道：请不要让我觉得让你知道了我的地址会成为

麻烦。

朽木说：你不愿见我，我就不来了，等你什么时候想见我了我再去。

思睿：没有这种可能了。

朽木说她总是把话说得太满，但她觉得那至少是她当时的感觉。她恨他，恨得想要杀死他。

但，也只能在梦里杀死他。

她梦见他强暴她，一张悬空的床上，四面环水。她无力抵抗，最后晕过去了。当她醒来的时候，愤怒冲上心头，她抓着一根削尖的竹竿刺向他的喉咙，他的脖子像鸭脖子一样皱巴巴的松软。他上半身向后倒去，头浸在水里，血像墨一样在水面上扩张，水变成一片一片的红色，他也没有挣扎，她更用力地捅着，戳着。想把他整个弄下水去。狠狠的，似乎无论如何都解不了这心头之恨了。

那些见证者——像宿舍床铺一样搭在水面的上下铺上，坐着卧着几个男孩子，瞧着她。她问他们，追问他们，在她昏过去的时候，到底到了何种程度，那个男人是否已经强暴了她？他们摸着脑袋嚅嚅地说，没看清楚，只见他的手在你那里摸，使劲地摸……“到底他做了什么？”她想要挖到答案，把心都呕出来了。“他压在你身上，后来——不知道，我们又看不到。”她像疯子一样又追问远一点的几个女孩子，又追问一个刚进来的保安，她逼着那个保安把那个男人再次推开，因为她看见他又回到那张床上……

思睿从梦里醒来，余怒未息，陷入深深的疑虑，她越来越觉得他已经强暴了她，她在 SKYPE 里哭泣，告诉枫，讲得细节毕现，像真的一样，枫怒火中烧，连日从国外赶回来，把那个人告上法庭。那个人说她说谎，就对她用了测谎仪，那个人被判了刑。后来，枫发现她还是处女，觉得很奇怪，为什么测谎仪都测不出她的话是真是假呢？

精神根植，在她的意识里，已经分不出梦境与现实，真实的片断加上梦境的强化使做爱未遂变成了真实强暴。

这是恨的能量。

这个结局是我臆意的一个版本，我必须从对心理学的痴迷回归到现实角度上来，思睿的神经质并没有发展到那个程度，而是停留在自我推理上，她的推理凿凿有据，环环相套，丝丝入扣，无一纰漏，正因如此，连我都觉得那结论的正确性的无可置疑。

二

朽木：回我邮件好么。你究竟要我怎样啊，我都快疯了。

思睿：我之所以不回是不想出恶声，你也应该懂得适可而止。

朽木：我怕你气闷、烦乱啊，你骂我两句也无所谓。我自然知道我们之间的种种，我只希望你好好的。

思睿：我当然会好好的，不过是一次生命体验。

朽木：你是把我当作你的生命体验，而不是一个喜欢你的人吗？内心里我觉得我们如此亲近，也许你的感受与我不同。我离开的时候在外面走了很久，我多想走回去，但怕你更加的生气。

思睿：你已经做出选择就安于你的选择，不要再打扰我。

“你既已选择，难道还要为你的选择而忏悔吗？”亚瑟说。多么虚伪，她想起那张黄毛狮精般的脸，虚伪又驳杂，还有阴气沉沉的毒辣，后来她看到连这毒辣也是软骨隆冬的，像个脓包，在他的内部溃烂着。忠厚与懦弱只有一线之隔，忠厚是对善良和弱小的爱护之情， 而懦弱，是迫于强势和耻辱的无奈退缩，他显然是后者，面对强悍他忍辱纳垢，而面对真正疼惜他的人，他却气势汹汹了。此时的思睿， 还没有领略过他的气势汹汹，她读着他的邮件，又笑了。回复道——她甚至在回复之前就已经知道他将如何看待她的邮件，他将如何回复她的邮件：

原来是一场误会，我以为你喜欢我，你以为我喜欢你，所以对彼此才会要好些，以致误会越来越深，还煞有介事地欺人再自欺，简直像个笑话。既然现在大家都明白了，你并不喜欢我，我也不喜欢你， 我们之间根本没有感情，那就简单了，也许会有些事务性的交往，但请不要再说心疼、温暖之类的话了。毕竟，我们还是互相有用的。

果然，朽木回复说：

在喜欢这件事上怎么会是误会？我说我很清楚自己的内心，意思就是我喜欢你。难道，聪明人真的是这样越绕越远吗？

我所理解的我们，可以无保留、无阻隔地交流与沟通。彼此之间能够得到完全的信任，甚至不隐藏自己的弱点。一个人不对另一个人掩饰弱点，并不是因为他不介意自己的弱点，而是觉得对方能够理解这个弱点。我不知道，我这样的理解是不是对。或者说，你还会不会告诉我你的看法。情谊如此难得，叫我喜不自胜。但是瞬间，好像一切真的像是一个梦。我不相信这是梦。

思睿没有回。

宇清说，我们再也不要见面了。他却大年夜飞到北京来。为了等他，她没有回家。

他们在雪地里行走。

他说："其实我收到了你的邮件。"

她轻笑了。

"你知道我为什么没回？"他问。

她仍旧轻笑着，向前走去，仿佛并不关心他的答案，或者，她早已明了。

他又问："你并没有和朽木在一起？"

"我更喜欢一个人住。"

"呃——"

"他说他从小母亲就重病在身，他缺乏母爱。"

“我也缺乏母爱呀。”

“你没有说过。”

“因为我知道你从来没什么同情心。”

她回头看了看他，放声笑了。

她看到记忆的门在他手指的轻搔下缓缓打开，深渊一般的甬道仿佛在摄影机下穿行，转换，定格。她看到他七年前的脸，在懒洋洋的日光下暧昧不清。他双手撑着她已经半开的门，一句话也不说，只偏着头，盯望着她，那目光从他细长的眼睛里像雾一样盖过来，并不锐利，却是丝丝缕缕地缠杂。

“你到底想干嘛？”思睿在他盯视中攒起了眉毛。

“我想你幸福。”低沉而缓慢的声音完全剔除了平日她最讨厌他的志满意得。她不知道他又要玩什么伎俩，只一鼓脑儿地说：“那你就不要再来打扰我。”

“没有我的人生怎么会算作幸福。”他孩子气地自问自答。她噙着的眼泪终于掉下来，他趁势推门进去，走了几步，像往常一样仰倚在半面是镜子的衣柜上，断断续续地撒出几句格言式的絮语。“范柳原说：如果你知道从前的我就会原谅现在的我，我要说：如果你知道从前的我，就会理解现在的我……”

“你有变过吗？从前的你和现在的你有区别吗？有些话不但能骗别人，还能骗自己。你从不说谎，却一直骗人。”

“我是一个自私的人，我知道要成就必须有牺牲，我天分比较高，所以按经济的算法是牺牲他人。”

“怎样牺牲？”

他知道她是明知故问，所以没有正面回答，而是有意无意地又拿出了他的格言：“不羁的心，寻找着毒色的眼睛。是啊，毒色的眼睛，人有时候比野兽更加残忍。”

“不羁的心——败坏了你的性格。”她的语气又带上了那种经常有的冷嘲热讽的味道。

这使他烦躁起来，“仍旧只是个小女子，仍旧逃不脱世俗的牵绊。”

她冷笑了，讥刺地问：“除了世俗的牵绊，请告诉我，还有什么能表明你的诚意？”

“收起你那副老套的把戏，不要忘了，你是诗人——”

“诗人？”她再次放声笑了，他为她的神经质头痛，无可奈何地说：“诗人是讲心的……”

她笑着说：“让我看看你的心——看看你的心……”她十指张开，仿佛蜘蛛精的爪，要把他的心端出来。他一下跳开了。

……

他不能掏出他的心来给她看，他无可奈何。她就离开了。思睿离开上海后就开始写笔记——死亡笔记，或者说是关于死亡的计划。

北京好像是一个施了魔咒的城市，在这里，我第三次想到自杀。

第一次是感觉生活毫无意义了，第二次也是感觉生活毫无意义了，第三次还是。

冷风不厌其烦地拨弄着魑魅的夜色，一晃一晃地，就像拨弄女人的头发，站牌闪着暧昧不明的光，一张脸，两张脸，无数张脸向我拥挤过来，恬不知耻的微笑，肆无忌惮的叫嚣。

我感到一阵恶心，想吐。

就跟半夜醒来的那个感觉一样，仿佛掉进臭水沟里，肮脏、耻辱、窒息。是从什么时候开始有这种感觉的呢？我搜索着记忆，哦，想起来了，他说：可是，作为心灵沟通的朋友，没有比你更合适更让人喜欢的了。当时，我就觉得自己像一只被剥光羽毛的水鸭子一样躺在案板上，周围是三尺垂涎，那眼光里流露着玩弄的神色。这就是我更适合的角色，赤裸裸的真理，模糊的结果——他说："为什么一定要给我们的关系下个定义呢，开心就好了，模糊也是一种结果。"

从那个晚上起，我开始呕吐。

我们是怎么认识的了？应该是2004年的冬天，刚过完年，在一个烟花落地繁华散尽的晚上，他拿着鱼钩在海洋般的网络上漂游，漂啊漂啊，就看到了我。

他说：HI，好诗意的名字。

我微笑，说：你好。

朋友是一种遇见，我当时就相信了这种遇见。无论如何他还是一个仁慈的人，都怪我太贪恋那鱼饵的美味，他轻轻地轻轻地将鱼饵送过来，却不忍心提起，犹豫之间便掉进了海洋里。

我们整晚整晚地聊天，颇有一副相见恨晚的架势。

他就像一个影子一样潜入我的文字里，进进出出，忽隐忽现。我把他比作四月的阳光，我在阳光里舞蹈，遥望着我的开始。他把我珍藏到他的诗歌里去了，一遍遍地吟唱……

你瞧，我又开始回忆了，其实我不喜欢自己回忆这些的。我怕我会再次掉入他的陷阱，这次，他可未必会心软哦。

一再地发脾气，当时是真的生气了，过后想想，何必，胳膊都被砍了，还在乎几根头发？

我听见自己呕吐的声音，浴室里很安静，只有水哗哗地淌着，孤寂的水声，更显衬得浴室安静了。

镜子里出现了一个人头，蓬乱的头发，白骨一样的脸颊，我吓得叫了一声，便倒向门的一边去了，“你为什么会在镜子里出现，为什么到了这个时候还不肯放过我？魔鬼，真的是魔鬼！”

魔鬼有一种本事，就是把你变成魔鬼，而他自己披上人的外衣，他看上去真美极了，那微笑似乎要倾国倾城：“你看看你现在，莫非是狰狞偶露？”他的语气充满嘲讽。好吧，我就做一回魔鬼，或者只有魔鬼才是魔鬼的对手。我要你恨我，那残忍的美始终诱惑着我，我想看着一个人的心怎么被一片片地撕碎。我围在被子里，用剪刀——那是一把锋利的剪刀，是我好多天以前买来的，精致、小巧，泛着白光，再怎么样，一颗精致的心也要用一把精致的剪刀才是。可是，我剖开他的胸膛，空的。

“原来你根本就没有心，原来只是一具躯壳。”

我歇斯底里地狂笑，浪费了我的剪刀啊，浪费了。可是我的记忆力恍惚起来：这把剪刀原本就不是为你买的啊，怎么能说是浪费了呢？我竟然忘了，这是买给我自己的，唉！记忆力一直不好，一直不好，所以屡教不改，我恨我自己，我从来没有恨过任何人，但是我恨我自己。

剪刀真是够锋利，几乎没费什么劲儿，我的心就从胸膛里跳出来了，水晶一样的六棱角，透明色。

我捧着它，微笑。

他醒了，坐起来，望着我。

这是什么？他问，看起来很好玩。

我的心怎么能任人玩弄！我飞快地躲开了他毛茸茸的手，那只手让我想到了爪，想到了野兽。

小唯是靠吃人心来永葆青春的，他？

我吓住了。

幸亏，幸亏，我的心与众不同，他没有认出来。

我把它保存起来，据说六棱角的透明心可以永远不死。它会活下去，只是，我，死了。

我必须再次声明，他是仁慈的，像上帝一样仁慈。他并没有追问那颗心的去向。

……

我就这样被噩梦纠缠着，直到有一天，我想到了死。

我是第三次想到死，在这个古老的北京城里。我开始写计划，我是一个认真的人，对人对事都很认真，我的死必须好好地计划一番。不，更重要的是，我还有很多事情没有做完，我必须在死之前把所有的事情处理好。

自从有了死的打算，那些梦便不来纠缠了。

我知道，我仍旧会死，只是死亡的理由渐渐模糊了，就像你为着一个目的做一次长长的旅行，而旅行的途中却经常忘记了那个目的，最终，你忘记了目的地，仍旧继续前行，不妨借用物理学上的一个名词：惯性。

……

在这个长长的死亡过程中，思睿沉寂的心被朽木一再激活，她对他重复着与宇清的说话方式，有时候甚至套用宇清的句式，她想，原来人和人是大同小异的，连爱情故事也能雷同到这种地步。她感到疲倦，又觉得好玩，她像一具空壳，像一台只安装了游戏软件的电脑，把这种推拉重来一遍。

朽木：思想的丰富往往意味着行为的力度，对现实的操控，对自己的相信；关键还是你不相信自己，说穿了还是你不相信自己对现实局面的操控。

思睿：是不是我丧失了判断才相信你，这就是没有控制得了的现实？

朽木：错了，如果你自以为没有失去判断，始终不相信我，只是你始终都没有付诸行动而已，谈不上操控，就好像你没有踏上一个旅途，就不存在你控制旅途中的一切一样。其实骨子里我真是个离经叛道的人，我也感觉自己有不计毁誉的潜质，对《月亮和六便士》或高更的传记，我读着都会流泪，所以我不会怕，所谓天塌下来，无非是毁誉而已，但你对此很看重。

思睿：这不是毁誉的问题，是是否真诚的问题。你对我没有我想要的那么真诚，我什么都不计较但对感情很计较。如果有人用三分来换取十分，我会觉得委屈、愤怒，到最后全部抛弃。

朽木：我觉得你对感情不计较，你真正计较的是自尊。况且你还用了交换这个词，其实这根本就不存在交换的问题。

思睿：你会用十分去换三分 。

朽木：会。

思睿：是啊，你的会是有前提的，你曾经说过是对值得的人，这个限制就会成为借口。我承认，我不会。我的确很在乎自尊，因为一个人是否给你尊严是否尊重你可以衡量他对你的感情，爱你的人不会让你丧失尊严，不会让你一个人痛苦。

朽木：因为我根本不考虑对方几分的问题，那样本身就是在衡量了。爱你的人也会让你丧失尊严，因为爱你的人不是万能的。所有绝对的东西，都只是浪漫剧的演绎而已，所有在泥地上的东西都是妥协与建设，只有在真空与精神范畴内飘的东西才会绝对纯粹。

思睿：妥协，不为你做出一点努力，这是爱你的人吗？太现实的人是可怕的，也没有资格谈论爱情。

朽木：用后者比对前者，你当然会当作借口。

思睿：所以，道不同，我们根本无法和解。

朽木：你该用这思辨态度对付你的恐惧。

思睿：概念里的鸡可以吃吗？

朽木：概念里的鸡确实不能吃，但不要忘了概念教你烹调鸡的方法有效。

思睿：方法从来不是概念。

朽木：那你就用思辨的方法。

思睿：你既然那么不计较，我可以对你不公平吗？可以只是利用你吗？

朽木：可以。

思睿：可是先前你说拒绝游戏。

朽木：我已经说过了游戏和感情是相悖的，我了解你的为人，所以不可能允许那样。

思睿：提前声明的已经是另一种方式了。

朽木：才不，因为实际中你会忘记界限。

思睿：用心才会恶形恶状，不用心，只是玩的话好来好散，怎么会有恶形恶状？我就是怕麻烦，所以才选择要么全真要么全假。

朽木：你说的我明白，有些东西一旦成了游戏就没有兴趣了。我拒绝你关于游戏的说辞，是因为我很清楚，游戏的结局不过是恶形恶状，没什么好收场。

思睿：会有什么收场呢？人应该尝试各种生活。

朽木：相互交恶，撕破脸皮，各自付出精神和生活的巨大代价，大多是这种收场。

思睿：那你为什么还要见我。

朽木：我天生不怕危险，对危险有一种平静的心态。

思睿：那为什么又要拒绝。

朽木：我不喜欢恶形恶状。

思睿：但是现在看起来只能向恶形恶状发展。

朽木：那也只能面对了。

思睿：如果有避免的方法呢？

朽木：我会避免。性情温和的人，在感情上也就顺受了，所以倒也平缓无屈折，性情刚烈不敢于庸常的人，总是试图寻找一个对的人，所以波折就是要多些，不甘于庸常。有些人生来就是为了成就一个传奇。

思睿：嗯，最后成不了传奇倒成了一个笑话。

他提到操控，她笑了。他简直像个孩子，天真。感情战争于她早已成为过去式，宇清从未得到过她，这是她最后的筹码。只要他不曾得到她，他就永远不能确定自己的赢。也许，这并不重要。得到你，你同样可以不爱。她想：没有人可以控制我，尤其是当我知道那个人想控制我的时候。然而从今天的对话看来，他是以退为进，步步紧逼，她的“游戏”已经成为丢盔弃甲的象征。当一个人开始以玩世的态度来面对现实，她的内心已经无限惊惶，惊惶到绝望的地步，所以也就什么也不怕了。游戏即是玩火，玩火即是走向自焚。宇清说：你身上有着自我毁灭的倾向。

宇清不知道，她更擅长的是玉石俱焚，三段对话便将此过程完结。

朽木：元旦有何打算？

思睿：wu。

朽木：回答好简单，你这是表示不愿意和我多置一词么？都用字母和符号来代替。

思睿：没来得及切换输入法。所以换一种理解方式应该是：多么迫切地回应你的问题。

朽木：换一种理解是，你也经常这么误解别人。

思睿：再换一种是误解代表多解，也算是在乎的一种具体体现。

朽木：此说精彩，你到底也还是我喜欢的你。

思睿：呵！看来某个人的说话方式已经被我融会贯通。

思睿：说正事吧！

朽木：正事就是和你聊天了，非要什么“正事”才和你说话。

思睿：呃！我现在又要发挥陪聊功能了。

朽木：我觉得不是缺乏耐心的问题，问题在对人的不信任上，但我同样缺乏对人的信任，我会试探性地接触，迂回曲折，但我是男性，性别决定采取的方式，你不能像我这样。

思睿：为什么我不能 ？

朽木：试探性是危险的。

他是危险的，她想，多年来那个温厚老实的形象一下子撕破了。她再次觉得不认识他，但是，有人说，越危险就越好玩。这第一段对话很无聊，仿佛是把手中的牌不负责任地甩出去，不过是没有耐心的调情，既然是调情，那就没有情——连抱怨、试探、亦真亦假都没有了。她感到厌烦，又觉得好玩。她在那个沉闷的世界里闭关太久——对宇清的失望连带着对整个世界的失望，由失望而厌倦——如今走出来被风一吹，复苏了一般，如十年前的玩兴，随意放箭。

但是一阵盲扫，又归于沉寂。

朽木忍不住了，有一天，又问：不想跟我说点什么吗？

思睿：没找到可说的……

朽木：我昨晚梦见你了，梦见你在哭。

思睿：为什么你觉得哭的应该是我。

朽木：以后不给你说了，做了个梦，你就这样。

思睿：你不就是觉得这场戏里我得哭哭才圆满。

朽木：人的理解一进入死胡同，就没辙了。

思睿：文字游戏，你还没有让我进入死胡同的能力。

朽木：忽然不知道说什么了。

思睿：同感。

朽木：我固然做不能被人接受的事，但我不会把这当什么去宣扬，说一套做一套固然可耻，做可耻的还宣扬可耻的就更加可耻。

思睿：呃，你只是可耻，不是更可耻。

朽木：都用上可耻这个词了。看不到更多面的人才会这么说。

思睿：好吧，我已经没兴趣看了，这对我也无利可图。

朽木：我感觉，我对你的了解比你对我的了解更深，即便是你这么说，我还是能够理解，虽然我们本质上不是同种人。很多东西其实不必全部都说出来，你不说我也知道，像有利可图无利可图之类的。

思睿：这个本质上不是同种人是不是说你是坏人，我是好人呢？我们当然不是同种人，你那么浑浊，我可不想和你同流合污。

朽木：切，自作清高，我毫无疑问是好人，而且我一点都不浑浊，只是你的判断力一向有问题。算了，我还是自己保守秘密的好。

思睿：我从不对你的秘密感兴趣。

朽木：你现在的语言方式越来越具有太后范儿，你不觉得吗？

思睿：你最近又在看什么宫廷剧？

朽木：我从来不看宫廷剧，偶尔看下电影。

思睿：那怎么对太后的语言这么熟悉。

朽木：你觉得我该看什么宫廷剧？

思睿：甄嬛传嘛。

朽木：你记住的就是这一点，而且是很好笑的理由。

思睿：一叶知秋。

朽木：一叶障目吧？

思睿：这障目的是谁？这一叶是你吧。

朽木：我这叶也是大自然的叶，你的目是被遮蔽的目。

思睿：大自然的枯叶，被你遮蔽了这么久，我不是最终看清了嘛，什么都要付出代价的。昆德拉说人在历史的迷雾中行走，每个追求真理的人都要经过那个过程。

朽木：你觉得这个高深，只是不断在重复的语言游戏而已。

思睿：本来就是游戏。

朽木：你还真当真，我后半句是戏言好吧！

思睿：我所有的话都是戏言好吧！

朽木：你以为你真能接受得了真实吗？如果我亦同样的方式来说你，你觉得你能接受吗？没有理解力的人才需要刨根问底，你一直习惯了挖个究竟，但实际上缺乏心领神会。

思睿：你表达能力差行吧，还说我不心领神会。再说了，我一直不觉得我可以对你心领神会，因为我们不是同类。

朽木：这也是今晚让我大笑的一句话，幸好办公室人走了。

思睿：那是你神经有问题。

朽木：只有一个人懦弱的时候，才会用最直接最恶毒的语言。每当你感到无力，你就会用最武断的话。因为你懦弱，所以你总是用赢来支撑自己。

思睿：错。我只是觉得好玩。你赶紧走吧。

朽木：我得笑够了再走。

思睿：我说语境不同已经够给你面子了。你非要我说你表达能力差。

朽木：你说表达力差就是你贫乏的时候嘛，又不是第一次这么说，你没发现我从来不重复，而你总是重复，因为缺失，凡是缺失的东西，人会无意识地去强调。

思睿：我重复是因为你总是犯同样的错误，你一再缺失，我一再强调。

朽木：你可以看看你所用的词汇，愚蠢、表达力差，还有前面，我就不举例了。当一个人无法控制自己的思维的时候，就用粗暴的语言来强调自己的力度，当语言组织无法更进一步的时候就开始喋喋不休……

这段话简直是宇清附体，不知道是不是她有意引导，然而他终究不是宇清，他不懂得她的冷箭只是文字游戏，只是郁闷的发泄，甚至只是好玩。所以他想起了他的X君，想起了能够让他望见幸福的小女生， 想起了旧情人。而思睿，成了他节外生枝的小说。她逼他离开，因为她知道只有堪破她内心的人是永远逼不走的，他不是，他只是她的一个玩笑。昆德拉说："人生只是一场玩笑。"所以，她继续开玩笑：

思睿：昨天晚上没有痛哭一场吧？其实大多数人都是这个样子，张爱玲说的混沌且丰富，希望对你没有影响。

朽木：才不至于。

思睿：呵，那就好。

朽木：痛哭是笑话。董桥说，有条不紊是论文，节外生枝是小说。我不过是看了本小说罢了。

思睿：是啊，节外生枝的东西，索然无味。

思睿：最后果然是恶言恶语，恶形恶状。

朽木：恶言恶语是你喜欢的恶，恶形恶状是收不住的恶，不过是各自看得清楚些罢了，或者不清楚也无所谓。

朽木：你今天不是会友么，怎么会有闲暇了呢？

宇清还没有来。他像往常一样食言。

到了年根底下，年轻人纷纷回老家，而集市上，已是摩肩接踵。思睿也还记得要准备点吃的东西，她在人群里飘游，一个也不认识，谁也不看谁，但她却从人脸上看出一种莫测高深来，又似乎茫无所有，男人、女人、老人、小孩，仿佛在鬼市上行走。听人说，亦庄的阴气太重，不管白天晚上，鬼都会出来活动，像人一样也买东西，你走在街上，对面行过来的都不知是人是鬼。思睿倒并没有觉得恐怖，而是心神恍惚，脚踩在地上却像踩在空中，离这个世界越来越远，离人或者说鬼越来越远，似乎所有的人都模糊，只有她一个真切。她真切的形体踏着所有人的影子，走入一条越来越人稀的小道上去……

她提着几袋青菜回到公寓。已是疲惫不堪，连饭也没吃就躺在床上。

她感觉到有一只手拉着她的手，她使劲地往回拉，拉不动，原来是自己的两只手放在一起互相拉。同样的力气，这怎么能拉得动呢，她清醒地解析着，却仍旧不能动弹，若是有人闯进来怎么办？她努力地迫使自己动，却感觉身上缠了一层一层的布，白色。她看见自己抓起一层往身边扔，再抓起一层，怎么也扯不完……

她忽然想回家，想到堂兄的车，不知道走了没有，想到给小孩子们买的铅笔盒，放了好久了，不要落下。她听到厨房里一片哗啦声，奋力挣扎，她一定要坐起来。最后终于能动了，发现自己只是盖了一床棉被而已。

她醒来才意识到已经买了好多吃的东西，怎么可以这样回家？而且，宇清说过会来。

……浴室里的水哗哗地响，宇清在洗澡，思睿坐在床上看书。短信的铃声。她拿过手机。

朽木：在这个深深的夜里，在酒酣之时，我仍想起你。虽然嘴上和你斗来斗去，但我还是很疼惜你啊。

她似乎看到他那张孩子气的脸上露出苦笑又无赖的表情，思睿回复道：留着疼惜你老婆去吧。她从来没有用过“老婆”“老公”“男人”“女人”这样的词汇，因为觉得过于粗俗，可是她却故意把这样粗俗的字眼掷向他，用粗鲁来掩盖自己的纤细，或者说脆弱。

宇清擦着头发走进她的卧室，一下坐到床上，说：“我来了你还玩手机，跟谁聊天呢？”她把手机放在床头柜的抽屉里，没理会。她趿着拖鞋走到床的另一边，打开电脑。

“看会电影吧。”宇清自觉无趣地说。他坐到她身边来，“你这里有什么好电影？”他一边看着屏幕上她打开的文件夹。“哎——就看《卡门》。”他指着屏幕嚷了一句。

卡门嘴里叼着一枝玫瑰，正在诱惑士兵。

“卡门是我看过的最性感的女子。”他双手向后支在床上，懒洋洋地说。

思睿冷笑了一下。

“不要对我这么不冷不热的吧，我大老远的跑来——再说，也是你同意我来的吧。”

思睿大笑起来，笑得有些毛骨悚然，在这座四周寂静无声城堡般的公寓里。

“你越来越神经质了。”宇清又说。

“你却还是这个样子，四年前和四年后都一样的麻木不仁，我都想用这个针扎扎你看你是不是活着的。”她伸手做出要刺他的样子。

他一躲闪，一只手失去了支撑，顺势躺在床上。“今朝有酒今朝醉啊！”

她站起来，从他腿前面走过，走到客厅里去，“你睡这间小卧室吧，我给你把被褥拿下来。”

他的声音似乎在抽气，冷静且傲慢地答着：“好。”

《卡门》演完了，他去洗手间，她随手关上了卧室的门，但，没有上锁。

她不停地在做梦。

她梦见卡门撩起厚厚的裙子，叉开蜜色的大腿，坐在那个士兵的身上……

她在睡意沉沉中看见门开了，黑暗里，他走进来。坐在床边，摸她的腿。她无法动弹，只觉得自己被两条腿缠压着，冰冷、湿滑。她一动，他便动，她不动，他也不动，沉重，无法喘息。她用那一点点稍加清醒的意识想：我宁愿是朽木。果然就成了朽木，俯在她的身上，下面有刺戳的感觉，那力量一来，她忽然一躲。朽木便倒在了她的身侧。“我不是——我只是有点害怕。”她解释着，朽木没有说话，脸上带着一种无可奈何的苦笑。

半夜里醒来，发现床上只有自己。她拿起手机，有几条未读短信。

她还看到朽木的头像上是：缘尽至此。她讥讽地笑了，不知道他哪一段缘又尽了。

春节过后，宇清要走，她知道，朽木要回来。

他在火车上，不断地发微博，叙说着他的孤独和物是人非。她猜想，他的世界一定发生了巨大的变化，但是仍旧以一种无知无觉的态度对待，既然我只是节外生枝的小说。

四个月后，她同意朽木再来，他显得很兴奋，说：“我得中午才能到了，准备午饭啊。”那已经是上个世纪的事了，她想，她在厨房忙碌的身影已恍若隔世，为什么他还停留在那里。像牛虻说的，“你以为几句甜言蜜语就可以把我变成你昔日的亚瑟吗？”

洗衣机嗡嗡地响着，她不紧不慢地拖地，地板光亮而潮湿，空气里有湿布的味道。她拿起手机，已经十一点了，顺手发了条短信，让他买点吃的上来，她没有做饭，路边的凉皮也行。

他果然买了一份凉皮上来。

她说："你不吃吗？"她觉得他的心里仿佛堵着什么，像小孩子抽噎时那股没上来的气。

"我吃过了。"他说。

她的心沉了一下，觉得不舒服，然而仍旧若无其事地把凉皮放在碗中，自己吃起来。用筷子挑着，她说："我真想多吃一点。"最终大半碗剩在那里，他们一起进了卧室。

他仿佛很累似的躺在床上，她坐在床的一角。

"陪我躺一会儿吧。"他说。

她仍坐在床角。

夜色笼上来，他们并排坐在床上，他瞧着她的脸，不真切。他说："你不喜欢我。"

她笑了笑，没说什么。她的脸在夜色中变得柔和，跟聊天时说出那些锋利言辞的人判若两人，她说："真实的你和网络上的你不一样。"他说："但是你说过，你不喜欢我。"

"你喜欢我，那又怎么样呢？你的喜欢太廉价了。"她吃吃地笑着，像一只猫妖。

他站起来要走，并没有马上就走，只是站在客厅的窗前踱着步，窗外树影婆娑，被乌云压得有些凄厉。忽然下起雨来。

他又重新坐在沙发上。

她走过去，坐在他旁边。

“我的世界中有太多的未完成，所以不能像他所说的每一段回忆都是美好的。愤恨和欠疚，总是互相占着上风，像两种力量折磨着我。我需要一种结局，不管结果如何，它都应该画上一个句号，它应该是一个完成，才不会让我如今风吹草动便惊起，一个再现就心绪不宁。”

“他是怎样的一个人？”

“爱情是一见倾心， 不是习惯成自然，我们第一次见面的时候——显然没有。”

“你又怎么知道你真正喜欢的人是谁，也许像《飘》里的郝思嘉，你都没弄清楚自己的心。”

“你清楚自己的心吗？刚才还在为一个早先的情人结了婚而心痛，现在又关注起我的心了。”

“你有没有心疼过一个人？”

“我只会心疼我自己，我并不是放不下过去，我只是心疼自己。”

“我有过，很心疼一个人——我还心疼过你。”

她不屑地看了他一眼，似乎在嘲讽。他极真切地感受到了这种嘲讽，这种习惯性的态度，他说：“我今天来本来是要跟你商量一件事的，你却一直在打击我。”他又站起来，准备走。

“现在已经没车了。”她说。

他走了几步，又坐回到沙发上。

他的手机在响，她嘲讽地向后一仰， 倚在沙发上。“ 我得回去。”他说。她忽然笑了。笑得浑身发颤，笑成一种电波，迅速通到他的身上，他也觉得自己这句话太可笑了，跟那个晚上如出一辙。他有些难为情地补充着：“我都成这样了，你还笑我，我再不回去这个家就散了。”

她翘起一条腿，埋头进沙发前小几上的书里，悠闲地翻了几页，仿佛在说“这关我什么事”。

他又走回来，“我跟她离婚，咱俩结婚？！”

她觉得他只是说笑，也开玩笑似的说：“你那么坏，我怎么能跟你在一起。”

“那天晚上，你说你愿意的——”

“彼时彼刻，我只能那样说。”

他没想到会是这样的结局，他更觉得她像一个猫妖，尖利的牙齿，露出狠毒的吃吃的笑。

“我一直看你豆瓣的文章，我觉得你是一个心思细密的女子，没想到你是没有心的，你就像个僵硬的蜡人。我们认识四年了，你竟然一再强调很陌生。我不知道是别人的伤害让你的心灵蒙上阴影，还是你本性就是如此冷酷。”

她仍旧无言，所有的人都是那么陌生，每个人的心里都藏着一个没有你的故事。

他拿起背包就走，头也没回，那背影似乎在说他将永远不再回来。

门砰地关上了，也许并不比往常更响，却让她有些心惊。

外面雨仍在下，窗外柱上伸出的两盏灯像两只灯笼，在树枝的掩映下半隐半现，她把帘子拉下来，树枝黑色的影在帘布上拼命地晃，仿佛在搏斗，电灯忽然灭掉了，她的房子刹那间变成了城堡，幽深而恐怖。

她坐在沙发上，突然失声痛哭。

思睿又开始做梦。

她看见自己靠在软椅上，忧郁且迷惘，手里拿着手机，在拨电话，一次次都拨不通，她看见对方徘徊在路灯下，从公交站牌走向马路，又从马路上走回公交站牌，风吹着他斗篷似的外套，一张毫无表情的脸。

我在虚无和现世间摇摆，每一次爱情都会让我再次陷入更深的虚无，或者说背叛——罗说，每一次爱情都是对上一次的背叛。一个送快递的男孩来敲门，我为了十几块钱跟他讨价还价，竟仿佛有了回到人间的乐趣，我想到酷好此道的三毛，她总是兴致勃勃地抓住任何一个不相干的人说上大半天。这男孩子像一面镜子，映射出数梅花的阿飞般我的孤独。在孤独中，我为朽木想出了一个好听的名字：郁言实。

三

郁言实实在不是思睿所说的“黄毛狮精”般，他有一双漂亮的眼睛，神秘、温柔，且又深情。有时候尽在掌握般的霸道，有时候又像个孩子，委屈地抽噎。他说：“回想起过去的每一个细节都很感动。”思睿想，我却觉得心寒。

……她从公交车上往下走，一脚踏地差点掉进沟里，公路两边正在栽树，挖了一条又深又长的沟渠，她试了试，迈不过去，就往前走，企图找一条可以通过的小路。沟里横着两块不知从哪里砸下来的水泥，她看着别人踏着走过去，她也踏过去。连出租车都没有，她又开始寻找公交车站牌，一边给朽木——言实打电话，他就不能一次性把清楚的路线整个发短信过来吗？已是心寒，她便很不耐烦地说，“你不要说得那么多，我一下子记不住。”等到了咖啡馆的时候，她已经力竭，一下子坐在长椅上，不说话。言实笑着说：“就累成这样了。”她想，他就这样坐在这里等，一等再等，见她找来找去就不肯出去接一下。她更加觉得心寒。这次是为了写一本书，要从他那里了解些资料，她便开门见山地问了。他就按另一本书的顺序讲起来，其实那本书他已经推荐她看过了。她已经看过了，他却又重复一遍，她几次想调开话题，听听他自己的或别人的看法，他却仍旧讲下去，她没有办法。只

好说让他把他有的电子版的资料再发她一些。

最后，她去洗手间，一边洗手一边觉得心情郁闷。出来后机械地坐在原来的位子上。他说：“我们走吧。”她站起来就往外走，“还没买单呢。”他又说。他走向收银台，她站在他身后。忽然想到另一个朋友，总是在她去洗手间时把账结了。她看着他拿着一张百元的钞票，服务员说是136，他问：“能刷卡吗？”“不能。”她冷静地若无其事地递过纸币。没有看他，带着一种疲劳的厌倦。

他们走在大运河的桥上，她说：“上有老下有小，压力真是大啊。”他听不出她揶揄的口气。他仍旧在讲运河两边的景物，她的心在游离。想起有一次她要把书上的图片照下来，数码相机的像素小，问他想办法，他说自己公司的扫描仪有多高级，又说到自己的单反相机，她就向他借单反，他说：“怎么会小呢？是你不会用吧，我的单反在朋友家呢。”他也没有说帮她扫描。她再次觉得心寒。

运河两边的植物郁郁葱葱，风吹过来，带着一丝潮湿的水腥味儿，她厚重的格子裙一角擦过路旁的长叶草，忽然说：“有人说我呆。”曾经有一个朋友请她吃饭，在他们食堂里。几个小菜，两碗玉米粥，她吃了几口菜，吃不下去，就一个劲地喝粥，一会儿就喝完了她那一小碗，他站起来没说什么又盛了两碗来，放在她面前。她笑了，“等下人家看着我们这边好几个空碗要笑的。”他也笑了，“没事，你喝吧，你又没吃菜。”刹那间被那种体贴感动，但是他又说：“你看上去有些呆，你不相信人。”“我相信你啊。”她说。“你是泛泛的相信，相信这么一个人，但你并没有把我当成一个个体的人来信，你放不开，你说了很多话相当于没说。”他说。

“你本来就呆嘛。”言实打趣般地说。

她伸手要打他，半握的拳头却停在空中，她不知道该打向哪里——四年来，她从未主动碰触过他的身体。他们已走进了树丛，小径很窄，只够一个人穿行，言实笑着，自顾在前面走。仿佛感到她的拳风，却没有落下来。她抛掉了先前的不悦，紧跟上来，“那你说我是好人还是坏人？”

“我从来不用好人或坏人来评价，你很有个性，用一个词来评价就是‘闷骚’。”

她终于把手里一直捻着的那片叶子掷向他，掷在他后脖颈间。

“这又不是一个坏词，你回头查查百度，你不能凭字面意思来理解。”他回过头来说。

“哼！”

她回来几天了，他的电子版资料也不发她，她是不会要第二次的。后来他把自己写的那一篇发给她看，他说已经出版了，还给她欣赏书的封面。她翻看了几页，淡淡地笑了一下，关掉。

她不相信他的情谊，他只是长了一双深情的眼睛而已。

言实总是说谎，而思睿，总爱讲故事，像写小说一样。傍晚黯淡的光线笼罩着卧室，言实斜躺在床上，思睿半躺在他宽阔柔软的胸膛上。她说：

仿佛冥冥中的一股力量的牵引，是无意识的，是不自主的（也许那并不是我的本意，谁知道呢），暴烈的我自从遇到你，就变得顺从，你说怎样就怎样，我一直听从，跟着你指出的方向。迷梦般的温柔。即使那天晚上。没有迎接，却也没有拒绝，像水顺着你手的掌控流淌。仿佛我们已经很久很久以前就认识了，但是看着你，我却又觉得陌生，这种矛盾无解。像一个比喻，一个设想：也许我们前世已经认识，所以各自身上有股潜流，彼此吸引，然而近了，却看到的是另一副皮囊，犹豫、彷徨。

他说：我喜欢你这个解释。

接着她又说了令他不喜欢的：

他的脾气特别坏，我们一直争来斗去，我实在受不了，而恰巧你出现，这么温柔，可以让我躺下来休憩。

他说："听起来怎么像衣服一样，这件不行了换另一件。我更喜欢你前面的解释。"

"我不想骗你嘛。"她有些撒娇似的说。

"你对我说真话，这很好——"

宇清说：你特别擅长在别人高兴的时候泼点冷水，也喜欢给受了委屈的孩子几块糖吃。那不过是她顺手拈来的台词，怪不得宇清从来不相信她。他说：（当她开始变得情意绵绵时）剧情需要吧。她的话都不是她要说的，都是此时此刻彼时彼刻的突发奇想，来自空中的灵感，来无影去无踪算不得数的，所以，她可以说她从不说谎，因为在那一刻，她的话基本上算是真的，但只在那一刻。

思睿从床上坐起来，倚在床头上，抱着膝盖。房内已经灰暗得看不清对方的脸，她没有去开灯。言实仍旧躺在那里，有气无力地说："她竟然胳膊肘往外拐，想跟别人合伙骗我的钱，也难怪，不爱了，我才是别人。"

思睿说：我最讨厌你这种犹犹豫豫，黏黏糊糊，磨磨唧唧的男人。

言实说：你真会用词。

思睿说：你就像菲茨杰拉德笔下的迪克，"给你一点点微妙的诱惑，就会很兴奋地被接受。"

言实说：你只看到表象，我知道自己的内心。

"我知道自己的内心。"这是宇清最后一封邮件中最后一句话。他说，"不管怎样，我知道自己的内心。"她当时在心里恨恨地说，你知不知道自己的内心关我什么事？她要的是一句"喜欢"，但是他从来不说，她任性地决绝地将他弃绝，多年之后，她听到这句话，如在耳边一样，宇清的声音像清澈的钟声再次响起，她的心痛了一下，下意识地问："这句话是什么意思？"言实有些困惑地缓缓答道："它的意思是'我喜欢你'呀。"蓦然之间，仿佛错过了什么，她一时喘不过气来，心被沉重地压迫着。

"但是，我不喜欢你。"她说，"你不是我喜欢的类型。"她又说，"我一向只说实话。"

郁言实坐起来，望着她，苦笑着说："是因为寂寞吗？"

她不置可否。

他在黑暗里找袜子。

门轻轻地关上了。

天是一下子黑下来的，猝不及防，她感到绝望。

看着窗外漆黑一片，听电脑里像哭泣的歌声，一切都在寂静中，寂静得让人崩溃，孤独形成一股巨大的力量，无孔不入地触摸着她，无色无香般的冰冷。她竭力地想，一天天，一夜夜，想把自己的思绪始末因由弄个清楚，可是一片混沌。终于患了神经衰弱症。

黑夜就像催泪的烟雾，它一降临她的眼泪就不由自主地得涌上来，思睿拿起手机，给言实发了一条短信。

“你今晚来吗？”

“你想让我来我就来。”

言实旋进房门，边换拖鞋，边把肩上的包摘下来。和往常一样，仿佛她并没有说过关于不喜欢他的话。他看到她束了头发，穿着宽松的黑棕相间的短衣裙和黑色网眼长丝袜，黑色的忧郁，因其瘦削更显得阴郁了。

她在等他，刚洗完澡。

她温和且恬静地笑着：“你去洗澡，我盛饭。”

“等一下嘛。”他拉着她的手，拉入自己的怀里，抚摸着她，由缓而急。他们拼命地往对方身上挤压，总觉得不够，不够，仿佛要消灭所有的空隙，紧紧地贴在一起。

“你去洗澡吧。”

“你陪我一起洗。”

他仍旧舍不得离开她，拉着她一起走进浴室，狂乱地吻她，脸、唇、颈，她有气无力地仰着头，身体贴到浴室的门上去了。

他褪下她的丝袜，紧紧地搂着她，这一次她没有喊疼。白色的瓷砖上滴了几滴红色的液体。

他把她抱到卧室的床上……

白亮的灯光，白亮的身体，她没有再坚持让他去关灯。只呆呆地望着天花板，头脑有些木了。以前在床上她总是喊疼，总是后退，总是叫他失败，或许是潜意识里的抵触，而现在，她这个一直完整的自我被侵占了。他在她孤芳自赏的生命上打破了一个缺口，这让她觉得羞辱。

他醒来的时候，看见她在哭泣。

他斜着身子看着她，有点不知所措，“怎么了，你？”

她一下子哭出声来，像一声嘶号，接着便是沉闷的呜呜声，他在她身后抱着她，“乖，别哭了。”他轻拍着她，仿佛哄着婴儿。

“别管我。”她说。她坐起来，盘着腿，很认真地哭，哭着哭着却大笑起来。

言实半躺在她的身后，迷惑地望着她，“你一会哭一会笑的，我都不知道说什么好了。”言语无力。

是什么东西在齿啮她的心，一点一点的嚼碎。她微笑着把碎片变成玻璃一样锋利，轻巧而娴熟地掷向对方。宇清那张嬉笑的脸，在阳光下灿烂耀目，细长的眼睛斜睨着，让你拿他没办法，“我有过很多女人，但精神上的只有你一个。”

“为什么你总是忽然判若两人？”

郁言实静静地抚摸着她……

他们又开始做爱。不记得时间，也忘却了空间，仿佛整个世界就剩下了他们两个人，或者已进入非人间，黑色的怪兽般的树影在帘幕上晃，空气仿佛凝成了浓稠的液体，天地初开般的混沌……远处传来两声狗叫，震了震这寂静的夜，然后又回复到非人间。卧室里悬浮着重浊的体液的味道——

她敞开卧室的门，随后走出去，客厅里有一道幽微的光，像水波一样上下游动着，她被那光线牵引到落地窗前，灯笼般的路灯映现出来，黑色的树枝凄惶地摇摆。似乎在拍一个悬疑片，一环套一环，曲折地踩点路线，不知道哪一步会落入陷阱。

他把一件长衫披在她的身上。“你好凉啊。”

“人生若只如初见，多好。”记得有一次他来找她，他坐在沙发上，她坐在桌前的一把椅子上，这个姿势坚持了好久，他们聊天。一直聊到夜色暗下来，谁都没有想到去开灯，他拍了拍沙发，说：“坐这儿来。”她像个听话的孩子一样坐到他身边，隔了一点距离。自然里又透露着拘谨。谈话的内容一点不记得了，只记得那种依依不舍的情愫。

他不说走，她也忘记了去做饭或者说出去吃。她摆玩着桌上的物件，忽然不知道手上怎么拿到了手机，既然拿着手机就要看时间，她说："七点了，快没车了。"他就站起来要走。

"也许已经没车了。"走到门口她又说，并且下意识地望了望另一个没人住的房间，"现在可以留宿了，我有空房"（他们第一次见面的时候，她只有一个卧室，她送他去电梯，她不经意地说"这么晚了"，他开玩笑地说："你又不留宿。"她笑着轻甩了下头发没有答话。）他看着她去望那个空房间，似乎更加坚决了，"没事，我可以打车回去。"

她陪他一起走在街路上，她走在前面，他落在后面，似乎在思索，一辆汽车擦身而过，她向路边躲了躲，他跟上来，命令似的说："把手伸过来。"他挽着她的手向前走，她轻笑着说话，如风中树叶碰碎月光的声音。她说：随心所欲，跟着感觉走，我要看看到底会是什么下场。

站在树下等公交车，他轻挽着她瘦弱的身躯，仿佛影子揽着腰。微雨欲停不停，偶尔汽车开过，车灯照出一片迷蒙，树叶闪着亮光，他说："真像一个梦。你不觉得这是一个梦吗？也许多年后我们想起来会以为这个晚上是做了一场梦。"

"相互讲起来又一样，还以为进了同一个梦里了。"她说。似乎也有些忘情，被水冲洗过的树木。那天晚上，她做了一个梦，梦见他们牵手走在一条弧形的马路上，两边植着阔叶树，长长的叶子在头顶密布着，仿佛走在热带雨林里，微雨滴下来，温暖、潮湿。

车来了，他上了车。她独自往回走，急急的脚步。却忽然听见有人叫她。她回头，看见他向着她走回来。“我刚问过司机，他说还有一班车。”“呃。”他又重新挽起她的胳膊，走在树下等车。

“你是好人还是坏人？”她问得轻描淡写，却又仿佛蓄谋已久般，他没有正面回答，而是问道：“好人会让你伤心，坏人会让你委屈。委屈一段就过去了，但是伤心会很久。你愿意伤心还是委屈？”

她爽声笑了，“两者我都不选。我只要快乐。”

“我宁愿伤心。”他说，“要那么多快乐干什么。”

车又来了。他说，“拥抱一下。”没有听她的答复他已经把她搂在怀里，紧紧地抱了一下。她觉得他的手就像两把钳子，把她紧紧地夹住了，陌生而舒服，她已经四年没有被人拥抱过，惊讶，却不露声色……

“初见，不好。感情是要累积的。”落地窗前的她在他眼中幽灵般，他在反驳她，他更想要现在。他总是说“活在当下”，而她，不是活在过去就是活在将来，她在回忆里沉沦又在未来中绝望。

周六周日，他一直陪着她，看电影，做爱，再看电影，再做爱。连饭都没有吃。只喝了几杯清水。

她端着瘦而高的透明玻璃杯，坐在床头一角上，一小口一小口地呷着，她感觉到他的目光一道一道射过来，刺在她的背上。她知道她一放下杯子，他就会扑过来，她静静地，仿佛每次都没有防备一样。

他把她拉到他身上，她的头发浓密地覆盖到他的脸上，他撩开她的头发，教她怎样亲吻他的耳朵、脖子和肩头，她连本能都没有。

不知道怎么回事，电脑忽然自己唱起歌来，张国荣的《有谁共鸣》在这夜阑人静中悠悠飘荡：抬头望星空一片静，我独行，夜雨渐停，无言是此刻的冷静。笑问谁，肝胆照应，风急风也清，告知变幻是无定。

她梦见他们做爱，几个小孩子站在床前，看着，歪着头，伸着舌头，一脸迷惑。雪白的褶纹单子折了几层，铺在身体下边，她摸到濡湿一片，她推他的身体，企图把被单撤出来……

言实周一早晨起得很早，赶着去上班。她在半睡半醒中听着他洗漱。他走到床前，抓住她的手在胸间放了放，说："我走了。"声音低而浑厚，温柔地黏在她那颗空荡荡的心上。她听着他走出去的脚步声，随后传来的嗵的关门声，她觉得又一个结束在早晨开始。

晚上言实打电话来，断断续续地笑着，夹杂着急切的语言，急切，却又好像并未表达什么。他说："我感觉我们之间有一根线一样的东西丝丝缕缕的缠绕在一起。那天你哭了，我有一种特别异样的感觉。好像我要把一种什么东西交付出去。但是随后你又那么冷静，我又有点被你推远的感觉。人生真是神奇啊。"

"你都不知道我的冷静是在用什么支撑。"

"我知道的了，你说话亦真亦假。"

我的心也亦真亦假吗？她被他的热情灼烧着，连回忆也放到一边去了，她就在此刻，就在当下，就在那一瞬间，心静如水，她再也不会由某一句话，某一个情景拐弯抹角地想到宇清身上去，甚至都不再上MSN。爱情这东西，也许是有的吧，她在心里说。

“其实，我一直在想，我这些年都在干什么啊。我们荒废了这么多年时间，要是我们早就认识，就好了。跟你在一起，我不会厌倦，而且我相信，我们能够发现更多新东西。”任何事情都自有它的理由，可能是我的宿命主义。像传说的，我前生欠了太多情债，要一一归还，兜兜转转，才能相遇。我并不后悔，过去的一切，都给了我写作的灵感。思睿的眼前忽然闪过一个电影镜头：杨紫琼跪在老禅师面前，殷切茫然而痛苦地问着，我到底还有没有这样的福分？她有，这福分的背后却隐藏着一个巨大的阴谋，而阴谋的背后又是朴实恳切的爱，一环套一环，谁知道终结点是什么。言实终于签了离婚协议，他的每一步动向都急急地向她报告，不知道是对离婚的兴奋还是恐惧。言实每天晚上下班后就来与她相会，要坐两个多小时的公车，车上很挤，他忍受着驳杂的人体气味，在车上沉沉地睡去，有时候会坐过站——

他试探地问着：“你愿意和我一起住吗？”

她温和地回道：“好啊。”

搬家的时候，她说：“我总是留恋已经习惯的地方，习惯的东西和人。”“你也会习惯新家的。”他说。

房子阴暗且空荡。他们去超市挑选厨具。精制的锅碗瓢盆。他早就说过，她是一个不懂得生活的人，他要把她厨房里的东西都换掉。望着他的兴奋，她忽然觉得温暖。

走到收银台的时候，他在前面走出去，撑开袋子，开始装刷过的东西，装完后他就站在那里，等着她付钱，她望了望他，没有说话，掏出自己的信用卡来。这就是所谓的他要帮我把东西都换掉，她再次觉得心寒。

“你帮我把还欠着房东的钱转过去啊。”

“我们买个书架吧，我选好了，明天送到家，你签收一下。”

“这个外套不错，拿你的信用卡来——”

思睿迷惘地望着他，难道，我真的到了需要倒贴的地步了？还是，我的就是你的，我们已经不分彼此？还是，我不值得？他以前总是说给哪个前女友在网上买衣服，说他给前妻的厨房用多好的厨具， 他说只要值得——看来是我不值得，她绝望地笑了。

拉开帘子，卧室的日光也充盈丰沛，她在日光里懒洋洋地，叠衣、看书、午睡。也会想起他说过的话，“她整天就知道买衣服、买鞋子，办信用卡，三天两头换工作，上班也不是上班，而是想方设法办信用卡，十来张，都欠了几十万了……”所以，所以呢？要我来还吗？要我来养活你及你的前妻，这是一个圈套吗？她开始斤斤计较，开始翻他的短信，看他的日记。他在短信中称呼他的前妻为“亲爱的”，他乞求她仍做朋友；而他的日记中：吴又去找工作了。跟她聊天真的很开心，我仿佛又看到了生活的希望，幸福不是没有可能！

烟儿和萱儿真是精神的伴侣，唉，也只能做精神的伴侣了；

又加上了思睿，我对她已经没有兴趣了，聊胜于无吧，我现在一心倾注在座榻之右者身上，我多想拥抱她，告诉她，我喜欢她啊！

至于X、Y、Z……

这是半年前的日记，这半年中，与她在一起的日子，却没有记。

思睿的手变得麻木了，她半坐在那里不能动弹。我曾经希望这个世界清澈而彻底，可是，每一个人都在结网，千丝万缕，把自己和别人都缠得动弹不得，每个人都有着不只一段纠结不清的关系，在头脑里挤压着，冲撞着，人人都养成了吃着锅里的看着碗里的想着盘里的习惯。

我本不该来，我早就知道的。那天晚上，他坐在沙发上诉说着他的心痛，还打开自己的私密空间给她看他为旧情人写的诗，“我们是多么亲，多么亲……”下面是吴的留言，安慰和夸赞。而她看着那样的诗句只是想笑，笑出来，嘲笑，他懂得，所以他说她冷酷无情。她说，无情比滥情好。

思睿又被噩梦魇住，在梦里很清晰地想到另一个梦，也是墙外几个小孩子嬉戏玩笑。她在雪白寂静的房间里，手中握有一把手术刀，在骨头上剔着什么，认真而紧张。她希望把他纵情的烂肉全部剜除干净。她在半睡半醒中呢喃：这样的存在什么都不剩……

傍晚的时候，郁言实出差回来，思睿平静地把炖了几个小时的排骨汤端上桌。他吃得津津有味，见她只在一旁坐着，问：“你怎么不吃？”

“我只是聊胜于无的那一个吧。”

他看到桌上的日记，跳起来，“你怎么翻我的日记？”

“我在收拾衣服，看到了，看到了我的名字，忍不住好奇就拿出来翻了一下，萱儿、烟儿、X、Y、Z，座榻之右者——你的心可真够忙活的。”

“那些都是以前的事情了，你又何必计较，你不也有过南方的A、B、C嘛。”

“我从未喜欢过A、B、C，而你却对吴有想法了，什么幸福，什么希望——”

“当时是有点想法，但是最后发现她并不是我想要的那一种，很快就厌倦了。”

“她厌倦了你，还是你厌倦了她？算了，我们分手吧。”

“你真的要分手？”他似乎哽咽了一下。

“你不是说过吗，我计较的是自尊。我自尊心太强了，而你又止不住地朝三暮四。”

她把被褥搬到另一间小卧室去，厚厚的白色床垫，躺上去很舒服，她又一个人了。夜色沉沉，却洁净又舒畅。她内心安静且饱满。她隐隐约约地觉得，他是真爱她的。

半夜里，他发短信给她：心一丝丝痛，怕我的心脏病要犯了，如果我活不下去，或许有些事情可以托付于你。

她没有回，只作睡着了。那一夜她睡得很好，没有做梦。

他早晨会敲门，她客气而疏远地让他进来。他殷勤地问她要不要喝水，吃粥，她在心里说着何必呢，嘴上却一一回答，简洁完整。

他总是半夜半夜地不睡，坐在电脑前，不知道在做什么。

有一天，思睿走来说："早点睡吧，总是熬夜不好。"

他不答也不动。

她把手放在他的肩上，仿佛抚摸着一个小孩子，"快去洗澡，今晚我陪你。"

一丝微笑在这孩子嘴角迸散，他晃了晃脑袋，就进了浴室。

她躺在他的身上，温暖而柔软，他问："有没有想我啊？"

"你呢？"

"我好想好想你啊。"

思睿第一次进入无意识状态，她觉得自己飘起来了，卸下所有伪装和羁绊如同一丝不挂。她躺回自己那一侧，他仍旧握着她的手。她听他断断续续地说："我很累，我也很累啊……在情海里翻腾……弱水三千，我也只想取一瓢饮，可是，那一瓢却不解渴，我的心里一直没有安全感。"全都是借口，思睿想，她没有理会。像第一次一样在黑暗里睁着眼睛望着天花板。

他像个婴儿一样沉沉睡着，她站起来，掀开窗帘，东方已经一片灰白，天就要亮了。他在背后突然问："你在干吗，不睡觉？"

她终于浅浅地睡去了，在半醒半睡中，她来到了另一个世界，日光并不强烈，却也不是阴天，温吞吞的如“日子”一般，她东游西逛，无意间到了一个广场上，她看见他拿着一束包得紧紧的白色的骨朵花在向一个小女孩求婚，女孩的脸看不清，但小鸟依人般的温顺。她冲上前去，夺过那束花，说：“先回家把碗洗了。”

背景还是那个阴暗空荡的家，她走到一间屋里，看见女孩沉默地拿着笤帚扫地，走到另一间，被子斜搭在床上，一块弯曲的拱起，他躲在里面睡觉。她拍着他，捶着他，把他拉起来，推出房间，推到大门外，门上方却少了半截，他的手伸进来，企图抓住她，她躲闪着，他似乎是怕她对那女孩说他的坏话，她似乎也正有这样的打算，他挥手要打她，她想逃开，却又怕他会从那半截空当里爬进来。撕扯之间，不知是谁向空中抛起一本折了页像被水泡过又晾干的旧杂志，杂志落在煤气炉上，火势轰的一下燃旺了，她惊叫了一声，醒来。

记起电影中的一个镜头：疯女人坐在树上，喊着，天亮了，太阳出来了。是啊，天亮了，太阳出来了，我的心开始变得柔软。实际上，故事是另一个版本，我对它的发展已经失去了控制。思睿站在夜雨中，有些气急败坏地对郁言实说：我一直在写颓废诗歌，你却忽然给了我一个积极案例。你让我怎么办呢？所以她梦到了那个女孩，那个女孩从她的梦里走出来。

但并非那样温顺听话。是个画画儿的，有着“垮掉一代”的反叛劲头，或者在思睿的眼里，有着与他的前妻一样的风流骨头——也爱给老男人发裸照。言实看着她的裸照哈哈大笑，有时敲几个字回过去，幼稚、肮脏、庸俗的字眼，她悲哀地看着他，像要了解《尤利西斯》的肮脏字眼一样企图从他们的对话里看出一点玄机，但是她只看出了浅薄，很失望。

“我已经找到我理想中的爱情了，”言实说，“我们可以跟别人作爱，但仍旧相信对方最爱的是自己。”

他击碎了她所有的骄傲。

她倒下去，一声嘶号如刀划在玻璃上，尖细得震人心魄，“我已经回不了头，没有你我怎么活下去呢？”他把她放在床上，轻拍着，“你会好的，我了解你。”她披着头发坐起来，泪痕斑斑的脸，“我简直不相信，像做梦一样，我就这样被你抛弃了？”他幽幽地笑着，“不要说得那么难听嘛，哪有谁抛弃谁。”她恳求他，喁喁细语，仿佛撕下了那层骄傲的面具，卑微甚至卑贱，或者这也是戴上了一层面具，让人分不清。他不知道哪个才是本真的她，但是也被她这副哀戚的模样弄得心软了，他终于答应一生陪着她，但后来又附加了一句：“你倒没事了，我这一辈子得多委屈？”他甚至委屈地哭起来。又轮到她轻拍着他，并说她接受分手，只要他开心。但是，她又开始哭泣，又乞求他。他说：“我总不能一辈子被吓醒吧，你总是做噩梦……”说出来自己也觉得可耻，嬉皮笑脸地问：“你是不是觉得我更可耻了？”她流着眼泪说：“我以为你更想唤醒我。”……几次三番。眼泪是热的，彼此的心却越来越凉，因为语言如刀锋般的冷冽残忍。

那个冷静的她看着这个疯狂可笑的她，也看着这个虚与委蛇的他，似乎有些无能为力，暴风雨终究会来的，她知道。思睿内心的黑洞被偶然事件诱发了，不可收拾，为着她的骄傲，踩碎了自己的自尊，像个孩子一样只懂得：我要。而不是我爱。她的心上满是缺口，需要大量的爱去修补，因为一直是冻结的，所以谁都感觉不到，但是现在，他的热情已经把那颗凝固的心解冻了。

她想他是肇事人，是刽子手。

他想她是一个大麻烦，她的爱只是占有欲。

天蒙蒙亮的时候，他又说：“看清你自己的心，你并不是真的爱我，”“可我觉得是——”“你说你不喜欢我，我不是你喜欢的类型，你一开始就这样说了。”“但是你说郝思嘉都没有看清自己的心，她自己都不知道自己爱的是白瑞德而不是艾希理。”

……没有结果的争论。

她擦干眼泪，说要去朋友那里住一段时间。

她不想麻烦朋友，很想快点回来，但是他始终冷冷无言，不打电话叫她回来。她只好自己回来，疲惫地躺到原来的床上。他一走进来，她仿佛看到一个凶神恶煞走进来，他什么也没说，却让她觉得兜头一盆冷水泼下来。她的魂儿似乎被吓出了窍，再也回不到身上来，恍恍惚惚地在房子里游荡。

四

两个月前。

言实跟朋友们喝酒，他打电话让她到楼下接他，他已经醉得上不了楼。她赶紧跑下去，搀着他上楼。一步一步，摇晃得有些艰难，走到拐角处，他的身体连着她往后仰，差点摔下楼去，她竭力地撑住，他倒在她的肩上，很重。她从来没有接触过“醉鬼”，她不相信一个人醉得这么厉害。他边走边说：“你知道我最爱的人是谁？……我最爱的是你，但我最对不起你……她骗了我一大笔一大笔的钱……有一个人在家里等我真好，我知道有一个人在家里等我，就算我再没用，你还是不会离开我，只有你，不会离开我……”

进了门，他一下倒在沙发上。他的手机在响。

他拉着她，“不要管她，让它响去……那个晚上我给她打了一百六十个电话也不接——她不敢接，我知道她在干什么……让她打吧，我也不接，我有你就够了。”是他前任的电话，一直在响，一直在响。

思睿把他扶到卧室，倒了一杯清水，又准备了一只盆子在床边，怕他会吐。他无力地半坐起来，接过水，“你为什么对我这么好？”先前的猜疑大半冰释，原来他已经穷困潦倒至此，望着他迅速憔悴发

黑的脸，和那抹无精打采贴在这脸庞上的头发，忽生怜惜，那一刻，她忽然觉得自己爱上了他。“你愿意跟我在一起吗？”他把她拉过来，贴到身上问。她望着这张半年来迅疾青黑的脸，说：“愿意。” 他忽然哭起来，“愿意，毫不犹豫啊……你答得毫不犹豫啊。”

他的手机还在响，已经是半夜，让人烦躁，“真是送膈应不觉！”她自语道，“膈应了别人，也不能成全自己。”她把它扔到另一个房间里去，关上门。

第二天早晨，她说：“她为什么总给你打电话，你们就这样藕断丝连，难分难舍？”

“她弟弟来了，让我去喝酒。”

“呵，她父母来了，让你去孝敬，她弟弟来了，又让你去孝敬，你是她什么人，这么随传随到的。”

他没有说话，只一味地低着头换鞋子。

这时候电话又响了，她气急败坏地说：“她自己不是有个老男人吗？怎么还缠着你，你给了她什么甜头？”

“她无非就是想骂我一顿。”

“她凭什么骂你？ 她现在还有什么资格骂你， 你到底是属于谁的？”

他冷冷地说：“我属于我自己，我不喜欢被人管束。”然后就出门了。她站在楼梯上，把一杯水浇下去，他一边说你太过分了，一边穿着湿外套去上班。

言实晚上下班回来，客厅里一片漆黑，他一边换鞋一边柔声问着，“家里没人吗？我回来了连个招呼也不打。”他走进卧室，看见思睿坐在床上看书。他说，“真好，下班回来家里有个人等着——”

她的眼睛一抬，锋芒毕露了：

“你把所有的钱都给了她，却一会儿让我来帮你还信用卡，一会儿又让我借钱交房租，我不会惯着你这个毛病，纵容你的懦弱。她强悍，你抵挡不了，就顺着她，直把自己逼到绝路，然后你就来逼我，我若反抗，你就给我颜色看。我要你弄清楚，自己的错误只能自己承担，你说你被她骗了一大笔一大笔的钱，你找她去，找不着就自己割肉卖血，整天就知道借，老把自己的错误给朋友们去负担。你分不清谁近谁远，倒跟我斤斤计较。你在这堆乱麻里待着吧，我早就看透你，这也是我鄙视你的原因之一。

“一，没有处理事情的能力；二，没有分辨是非的能力；三，暴躁不讲理不可理喻不懂人情事理；四，骗人倒是有本事，恩将仇报，生着一副毒蛇心肠；五，品位低、标准差，是个女的就对人家有想法，发个裸照就乐滋滋成了你理想伴侣，识几个字就文笔好，任一个女友一结婚你就哭哭啼啼；六，感情不纯粹，XYZ座榻之右者一大堆，还挺忙活。七，说得太多了，还要不要再说一遍？没有灵气没有天赋却还没有自知之明，被小女孩一夸就飘飘然了。”

既成的事实无法抹去，这就更加让她疯狂，她的言辞刻薄毒辣精确一针见血，他一句不能反驳，也不反驳，他看着她说：“骂完了吗？”

她大笑着，“没有，还有一箩筐一箩筐的，我发现我就是日日夜夜地骂也骂不完，也不解气。”与其说是跟他赌气，倒不如说是跟天赌气，她一向自诩没有办不到的事情，可是，她却无法倒转历史。无法抹去曾经，无法接受他对那些女人的低声下气。“我很想喜欢你，可是我怎么能够喜欢一个让我鄙视的人？”

对此他也无可奈何，他不但不想抹去历史，还恋恋于他的历史，所以明知道她不喜欢听，他还是忍不住跟她讲他的过去。

“你的罪罄竹难书！”她冷笑着，眼神一贯地咄咄逼人。

“我最大的罪就是爱上了你。”他脱口而出，继而弯了一下腰，似乎心口疼了一下。

她仍旧不依不饶。也许你说得对，我们是太不同的两种人，我过分重视理念的东西，尊严。像福克纳笔下那些为尊严执着到底的人，像林黛玉别人剩下的花是不会要的，像妙玉，不可轻亵，凛然莫犯。这样锋利如何承受你不单纯的家庭背景惹来的一次次麻烦，每一次电话，每一个邀请，每一个不归家的夜晚，都在折磨着我。我总以为会习惯，以为会麻木，但是——每一次都有同样的杀伤力。一个电话都能成为导火线，让我记起你累累恶行，每一次都是从那天晚上你丢下我走开始。这样的日子何时到尽头啊？！

语言如风刀霜剑，劈头盖脸地向他掷来。他气得发抖，猛一转身，把手摔在柜子上，疼得直吹气。

“打 160 个电话把人家从老男人那里召回来再陪你，你不就是喜欢淫荡的女人嘛，跟游坦之一样还谈什么爱情，整个一性欲的奴隶。陪了老男人陪小男人，不是淫荡？你等着被轮到，不是性欲的奴隶？”

“要是她我早打上了——瞧你给我泼的这些脏水。”

“你给我指出来，哪一句不是你亲口告诉我的，哪一件不是事实？”

哪一件都是他自己说出来的，的确，他无可辩驳。

似乎恼羞成怒，他冲过去，掐住她的脖子，她在床上斜倒下来，哇哇叫着。他并没有真的用力，过了一会儿就放开了手，随后她哭起来。他站在床边，俯着身子，又开始安慰她。

一个月前。

“我很难过，好好的一个人怎么沦落到这种地步，竟然不得不跟我鄙视的人在一起？”

“我又没有囚禁你……”

“可是你已经毁坏了我的清白。我一想到这些就抓狂，洗不掉的肮脏痕迹啊，怎么也洗不掉啊，洗不掉啊……”她歇斯底里地叫着。

他打了她一巴掌，“你疯了吗？”

“你竟然打我？你欺骗我，伤害我，侮辱我，现在还打我？！”

“我是想让你清醒点。”

“我很清醒，就是因为清醒才受不了的恶心，肮脏——到处都是肮脏——整天某人某人的，一把你们放在一起说你就乐得合不拢嘴了，说你们都是一类奇葩，你当时自豪成啥样了。生怕别人不知道，天天跑你空间里去窥视，她不去关注她自己的老男人，天天关注你干吗？看来你真好啊，夜夜跟人家沟通孩子，勾得人家日日想念你。你多伟大啊，一个也扔不下，牵着这个挂那个……你的 XYZ——”

他嗵地站起来，跑到客厅里去，拿来一把西瓜刀，放在她的脖子上，那森森的寒气惊得她心一凉，想到生无乐趣，不由得镇静下来，“你杀死我吧，我也就解脱了。”他倒把刀子拿开了，苍白无力地说：“三天两头闹一场，这日子怎么过？”

“不是我要闹，是你下贱无耻，你把我当什么？人家结婚一个你来哭一回，人家不要你了你来哭一回，跟一团糨糊似的，扯不清甩不掉的……我在你的心里从来没有位置，从第一次就奠定了，我是随时被放弃的，那天晚上，你在我的床上一个劲地说不想伤害她不想欺骗她，你有没有想过你正在伤害我？你丢下我就走。现在也一样，你动不动就把我一个人扔在黑暗里……”

“想想你做的事情，想想你做的事情——”

“那我去死好了……”他穿上外套，拿钥匙打开安全锁，就要出去。她没有阻拦，定定地站在卧室门口，瘦弱的身躯嵌在宽大的睡袍里，像个幽灵。

他真的走出去了，他说他要去马路上被车撞死。

她在客厅的方桌前坐下。

等着他回来，果然，一会儿就有了敲门声。

他说他是回来写遗书的，她仍旧不置一言，他就真的扯过墙边箱子上的一个大本子，写了几句，又出去了。

她仍旧坐在方桌前，打开电脑，滚动着鼠标。那一刻，她希望他死掉，也许这是唯一解脱的办法，她想起《蓝莓之夜》里的一句话："我曾经希望他死掉，我认为那是唯一可以让我清醒的方法。但是现在他真的死了，这却比世界上任何事情都让我心痛。"她知道她会心痛，或许会痛不欲生，但是，她仍旧希望他再也不要回来。

他又回来了，她舒了一口气，同时又有些失望。

他看着她有一搭没一搭地坐在那里，狠狠地说："你就是毒蛇，我都要死了，你还在那里修改你的文字。"

她的心本已平静，旁观着这一切，却不知道为什么听了这句话又落下眼泪来，一字一顿地说："我不是毒蛇。"

他们又回到床上，希望抓住黎明的尾巴再睡一会儿。

她仍旧在抽泣，有时候扔出几句话来，炸弹一般，惊天动地，他很痛苦她骂他，更痛苦的是她骂出的话居然是真的。他有气无力地说："你一骂我我就生气，一生气就紧张，我对你实在没有心力了……也许我们真的不合适，不如分手吧。"

"你玷污了我的清白，就想这样扔掉？"

"这样耗下去对谁都不好，这段日子里，你没有过快乐，我都看得到，我也没有。我真的很想对你好，可是你的威胁恐吓让我另眼相看。我有时候想，是不是当初的感觉都是错觉。"

"我要留下来折磨你。"

“那就互相折磨吧。也许这就是彼此的宿命。”

言实没有回家，他开始经常性地夜不归宿。思睿不睡，半夜里不停地发短信：

你把一个人推下悬崖，摔得粉碎，然后说，你不乐意，你走。她还怎么走得动，不复当初的洁净和完整。我最讨厌愚蠢的人，我活该，就得尝受愚蠢的恶果，在地狱之火中煎熬，这是咎由自取。那些被欺骗了的，被损害了的，我不同情，更不会同情自己。陌生人，你是我匆忙抓起的稻草，因温厚善良的假面，聊作倾听。不管你在不在听，我自己看着，我是如何自食其果，日日夜夜，为自己的糊涂买单的。我不将错误终止，是恨自己当初的糊涂，我惩罚自己，和毒蛇一起。我只惩罚自己，因它是行尸走肉，没有痛感。

言实：

你像写散文诗一样，有这个精力你还是写点东西。

思睿：

你知道恨的感觉吗，我本应该做出了很多有价值的事情，清净无为，或者已在一个相爱的人身边，过着恬静幸福的日子，如今却深陷泥潭，进退不得。

言实：

你休息一会吧，别纠结了。

思睿：

你不是坏人，只是毒蛇，在无意间害人。人生如棋，落子不能悔，怪只怪自己当初没有鉴别力，没有绕道而行。我连个怕井绳的机会都没有了，毒蛇是一触毙命。你一直在装，只到事情的严重性显现的时候才露出你的冷酷来，我要把你这个毒蛇钉在十字架上，让你生生世世背负你的罪恶，我就待在那里，让你看着你造的孽。

言实：

歇斯底里的状态真是不可救药，你现在像喝醉了一样。

思睿：

我要把你这条毒蛇碎成七段。

言实：

把事情变成悲剧，你真有天分。

有一天晚上，思睿又开始她的三段论，把他的“罪恶”一一述说。言实说：“要不要我给你录下来，你也不用每晚都重复一遍了，就放在床头上，我一躺下，就开始放好了。”

思睿坐在床上，吃吃地笑着。对她来说，那个女人不是一个人，而是一个道具，是他们之间吵架的道具，所以无褒贬，他却以为这是嫉妒，他称那个女人为她的情敌，她在心里笑，那个女人跟我有什么关系，我关注的并不是她的所作所为，而是你的态度，那个女人是谁，我管她呢。

两周前：

“我要做一个无情的人。” 吃晚饭的时候，言实郑重其事地宣布。

思睿笑微微地望着他。他补充说：“我很容易厌倦——”接下来应该是“我厌倦了你。”我是一个容易厌倦的人，但是我不会厌倦你……这句话从思睿的头脑中一划而过，她没有与他争辩。将信将疑，她的心向下沉了一点。

早晨，他的手机QQ嘀嗒嘀嗒地响着，他笑眯眯地看着屏幕，“谁在跟你说话，这么兴奋？”她夺他的手机，要看个究竟。他一把推开她，她又上来抱住他，为了拿到手机，整个身体吊在他身上，他双手掐住她瘦弱的身躯，很轻易地把她摔在沙发上，愤恨地说：“我不喜欢你了。”

她的眼睛里立刻噙满了眼泪。慢慢地站起来，柔弱无骨，面目无神，幽咽般地说：“那我是不是该搬走了。”

他转过头，望着她，疑惑地说：“我说我不喜欢你了，为什么我的心还会痛？”像是问她又像是问自己。

“你是内疚吧。”她的眼睛忽然看不见了似的，里面什么也没有。

“我都无情了，还内疚什么。”

“不管怎样，我应该搬走了。”

他背起包，出门去了。她还在那个位置上站着，不知道何去何从，忽然手机响了，言实打电话来说：“我刚才气疯了，我还是喜欢你的。”

“哦——”她茫然地应着。

“你还搬走吗？”他柔和地问道。

“不搬了。”

一周前：

思睿在梦里回到一年前。她走上旧楼的阶梯，又陌生又新奇，拐角处，凭空突出一大片玻璃窗，贴着一个个放大的相片，一个女孩，一个女孩——思睿忽然看见了自己，蓬松的头发在阳光里闪着金光，微仰的下巴给人一种睥睨世俗的感觉。门开了，言实从里面走出来，脸上堆着笑，就像有一年他拈花一笑时手中那朵层叠皱紧的花朵。她说：“你怎么敢把我的相片摆在家里？”她进了他的房子，墙上也满是相片，她环顾着四周，惊诧得说不出话来……

砰的一声，思睿从睡梦中惊醒。

言实走进房门，正在换鞋子的时候，手机响了。他在客厅里接电话，充满欢喜的声音：“我刚进门，弄碗面，吃了就睡了，你也要早点睡哦。”

他一抬头，看见穿着睡衣的思睿正站在对面。

“是谁打来的？”她问。

他没有回答。

她走近他，望着他的眼睛，温和地说：“我只希望你跟我说真话，如果你已经有了喜欢的人，不要再拖着我。”

他半转过身来，轻松且愉快地说：“是的，我不喜欢你了。”

“是有希望了吧，一个电话就给了你希望，一有希望立马就对我说，不喜欢我了。”

“嗯，事实如此，我也不想再辩白什么。”

然后就是第三节中那一幕分手。人真的可以绝情至此吗？她有些不相信眼前的事实。他曾经斥责地说：“你要再跟人家在一起，她要去找那个老男人。标榜爱情的人是最自私的，不懂得怜惜眼前人。”现在，谁是谁的眼前人？他才是最自私的人。却也无话可说。那天早晨她走的时候还说：“不要管我，去追你理想中的那个女孩吧，一辈子的事情，不要留下遗憾。”他说：“我的事情我自己知道怎么做，不用你安排，怎么从你的嘴里说出来，我心里这么别扭呢。”

她哭红的眼睛却带着笑意。人生如梦啊。

宇清走的时候她都没有哭过，因为无论他走到哪里，他跟谁在一起，他的心始终是向着她的，她很清楚这一点，但是，那样的笃定也让她疲倦。他无脚鸟般的行走让她疲倦，他与生俱来的厌世表情让她疲倦，他没完没了的虚无论调让她疲倦。可是他却说：“其实你跟我没什么区别，我们是同类人。”

宇清再次来北京，请思睿喝咖啡。他的样子看上去有些颓唐，但是仍旧戏谑地开着玩笑，“没有你的日子生不如死。”

“你这不是好好地活着嘛。”思睿打趣着，在阳光中，在宇清的面前，她判若两人。

“心死了。”他脉脉含情的眼睛盯着她，仿佛他的生命就攥在她手中了。

而思睿，无动于衷，像很多年前一样把话题一次次错开去，“据说上海出了一个扁鹊，专门医心。”

“你才是我的药。”

“是药都会过期。”

宇清没有理会，仍要把这过期的药带走。

灰蒙蒙的天空，几盏小灯远远地亮着，机场上人影憧憧。他拉着一个皮箱，手里还提着一个包，在前面匆匆地走，她也拉着一个小皮箱，跟在后面小跑，飞机将近晚点。

思睿的心惶惶不着地，仿佛在梦里穿行。她看见自己一个人要回宾馆，走过一个熟悉的土坡，却找不到回去的路了，天渐渐黑下来，一片深黄色。她身上没有带宾馆的名片，手机也快没电了，路上行人也越加稀少，已经是夜里十二点，她焦急地想着，行李还在宾馆，要赶今晚的飞机……这时候手机却响了，她看到屏幕上他的名字，赶紧接听，却什么也没听清就自动关机了，他知道我今晚回去，所以打电话来，想说什么呢？是要去接我吗？机场没有车了，那么黑，我又是路痴……但是手机没电了，几张陌生的笑脸望过来，像庞德诗中写的那样，人群中这些面孔幽灵一般显现——

他们终于上了飞机，坐定，松了一口气，相视一笑。宇清说：

“追你的时候也是那样疯狂，追到手的时候又看到了下一个目标，这就是某些男人的登山理论，形容你那根朽木最贴切了。”

“你不也一样。”思睿不屑地应声道。

“我从未疯狂，我可是一直很镇静呢。何况我的目标从来只你一个。”

看着思睿冷笑，宇清懊恼地问：“你还是这样一副让人又恨又厌又放不下的样子，能不能——能不能放下你所有的盔甲，对我认真一点。”

“你也懂得认真么？”但是她没有说出口，她不想无休止地重复多少年来他们这种循环对话，是该结束的时候了，她想。她已倍感疲倦。没有永恒！假如没有永恒，此一刻也是值得怀疑的。她睁着恍若隔世的眼睛，缓慢无力地说：“我只是觉得疲倦。”

他抬头望着她，脸上现出了一个问号。

她没有解答他的问号，一声长长的叹息在心底悠然划过。

他不甘心地说：“既已厌倦，那你为什么跟我走？为什么还答应嫁给我？”

她眼睛望着前座的后背，却空无一物，拖长的声音仿佛从远古慢慢苏醒一般，浑厚、沧桑，似在讲一个经年的故事：“记得年少时，喜欢上一件衣服，是粉红色的，修身长款。穿在模特身上，跟浅色牛仔裤配在一起，又优雅又文艺。可是那时候没钱买，两年之后走过橱窗的时候，它仍旧在那里，看上去已有些软塌塌的，但我还是买下来。放在衣柜里，一次也没穿过。”

她忽然不说话了，宇清从惊愕转向冷漠，也不开口。飞机受到气流的冲击，机舱里有了小小的惊扰，他们却浑然不觉。就这样干耗着，他们也不说分开。因为他们都知道，这一次，如果结束那将是永远的结束了。他们一同犹豫着，犹疑着，迟迟不下个决断。任何一个人下，对方都会失落，但不会怨怼，然后是平静地接受、解脱。

可是，他们都不敢。

“我就是那件旧衣服吧？”宇清终于说。

她没有像以往那样讥讽地冷酷地点点头，然而，他从她的眼睛里看出来了，自己已经成了她的旧衣服，过期的药，吃剩的鸡肋，食之无味……他仿佛听见她在说：你就像那件衣服，这么多年来一直念念不忘，再次相遇的时候，发现哪根弦都对不上，你的种种，种种都不再是我所喜欢的，但，像那件衣服一样，我舍不得丢开。

“我很难过……”宇清说。

自然，这次思睿又没有嫁成。“奥地利女孩韦格，她的理想是当画家，却成了 1987 年的世界小姐；南非一男孩的一包土治好了她将要失明的眼睛；她先后嫁了 6 次，可是没有一个男人令她倾心，她自杀了。”思睿想，她不会自杀，更不会嫁 6 次，她不需要试验，她从一开始就知道了。却不死心，遇见某个人，就竭力地扒开，狠狠的，肆意翻捡，刨根问底，总是想找到自己想要的东西，结果却每每失望——我们想要的东西也许从来不在别人那里。她总是问问题，他以她太不能心领神会了为借口而回避，逃避，因为现实问题，他回答不了，现实如蜘蛛网，将他死死地缠在其中，他无法也无力一刀劈开，脱出一个光溜溜的自身来，黏滞在他身上的东西让她恶心。

一个月后。

他们在小区里碰见。

“我的离婚手续已经全部办妥了。”言实说。

“我要结婚了。”思睿说。

“没关系，反正我又不是为你离的。”

他半扬着下巴，一副鄙视和不屑的表情，她没有再说什么，从他身旁走过去，心在往下坠，故作镇静的步调有些僵硬了，仿佛两脚的圆规，被人用手扶着一步步往前挪动。他似乎有些不甘心就这样放她走掉，她知道他一定会叫住她。果然，他冲着她的背影喊道：“你不也是机会主义者吗？”

她停下脚步，仿佛把自己抽空了般的声音从边缘聚集过来：“我从来没有说过喜欢你，更没有说过爱你。”

“你更狡猾。”他讥讽地说，已经不是先前的不屑，听上去隐隐的负气。

“这不是狡猾，这是清醒，我很清楚自己的内心，也能为我说出去的话负得起责任。”

“当然，你从未对任何人表达过感情，你害怕责任。”

“我无须对任何人表达感情，没有人值得我付出感情。”这句话蓦地出口的一刹那，她忽然想起他总是笑她把话说得太满。但是好在，他并没有抓住她这句话不放。

只是有一天，郁言实喝醉了，他轻车熟路地来到思睿的楼下，踉踉跄跄地上楼……他一头躺倒在床上。思睿说："坐两个小时的车还有力气，现在就没有力气去洗澡吗？"言实说："我支撑着回家来，一见到你，就完全放松了，所以一点力气都没有了。"

她端了一杯清水给他。他拉住她，只轻轻一拽，她轻如鸿毛般的身体便倒在了他的身上，一股浓重的酒气迎面扑来。他一边比画着，一边说："……有一个根，我把它种到你心里了，你若拔了它，就要了我的命啊。"她怜惜地说："我不会——不会丢下你的。""这么多年来，我都是一个人走，现在总算有个家了。"说着，他就哭起来，呜呜的，像多少个夜晚，她一个人在被窝里听到的一阵阵的风声。她轻皱着眉，冰凉的手指放在他的胸间，企图安抚那颗千疮百孔的心，她曾经咒骂他，她的语言如刀子，精准又锋利，一次次重新揭开他的伤疤。残忍，却无可辩驳，他回天乏力，她为了抹除历史。她想点燃流到空气中的煤气，想在一刹那间让一切从此灰飞烟灭；他拿出刀子……血一滴滴地流淌在地板上，但是历史仍旧存在着……他们的命运早已联结在一起了。在他的呜咽声中，她喃喃自语："我们是相依为命的。"我们的命运已经联结在一起了，就像那只狸猫对上官浩琪说的，我们的生命是联结在一起的，当浩琪不听她劝，一意孤行去跟人家打斗至死时，香雪海也忽然坠崖，现出原形，两人一命，这是上天安排好的。

五

客厅里，白色的灯管因为年久而不复当初的光亮，这种陈旧的幽暗更酝酿出一种家常的温馨。思睿正在收拾碗筷，轻悄而利索。言实坐在桌前，不经意地翻出思睿的网络日志来看：

没有知交，只有夜半的寒梦。李叔同说：“我感到仿佛从我出生以来，一直在注视着你的面容，可是我的眼睛仍然是饥渴的，我感到我仿佛把你紧紧拥抱了几千年，可是我的心仍然不能满足。”我的心也不能满足，却不是叔同一样的去追寻，而是想退避，一种深深的厌倦，一颗归隐的心。往往，我所计较的并不是我想计较的，我所爱的也不是我喜欢的，我所厌倦的却是摆脱不掉的。

郁言实看到这段话，半是迷惘半是沉静地说：“‘我所计较的并不是我想计较的，我所爱的也不是我喜欢的，我所厌倦的却是摆脱不掉的。’这正好说的是我的心里话，何必呢，何必委屈自己，人不该这样的。”

思睿仍旧没有放下手中的活儿，只转脸望了望他，满不在乎地说：“人心就是这样，不固定的，此一刻和彼一刻都不同，什么都是不确定的，什么都是即兴之作，大可不必在意。”

风动，心动，世间事的不确定性都源于人类飘忽不定的内心，也许思睿终于悟到了这一点：一切不过都是即兴之作。爱是，恨是，背叛亦是，像一场终将散场的皮影戏。我看着罗的头像，自言自语地问了一句：为什么今夜你不失眠？那天我问他：为什么这么晚了又来上网？他答：失眠。那是十年前的事了，我再也没见过他，罗的离开让我彻底陷入孤独。我只靠写小说找些虚拟的人物来做伴，罗说你的每一次爱情都是对上一次的背叛，我没有背叛他，我从十九岁，到二十九岁，到如今，他离开了这个世界……

2014 年

图书在版编目 (CIP) 数据

蛀空 / 月下著 . — 武汉：武汉大学出版社, 2015.11 (2019.8 重印)
ISBN 978-7-307-16933-3

Ⅰ . 蛀… Ⅱ . 月… Ⅲ . ①中篇小说－小说集－中国－当代 ②短篇小说－小说集－中国－当代 Ⅳ .I247.7

中国版本图书馆 CIP 数据核字（2015）第 238173 号

责任编辑：高瑞贤　　责任校对：叶青梧　　版式设计：刘珍珍

出版发行：**武汉大学出版社**　（430072　武昌　珞珈山）
（电子邮箱：cbs22@whu.edu.cn 网址：www.wdp.com.cn)
印刷：阳谷毕升印务有限公司
开本：880×1230　1/32　　印张：8.25　　字数：166 千字
版次：2015 年 11 月第 1 版　　2019 年 8 月第 2 次印刷
ISBN 978-7-307-16933-3　　定价：45.00 元
